問題を解きながら
3つの魅力に触れる

俳句 川柳 短歌の練習帖

〈監修〉
俳句　坊城俊樹
川柳　やすみりえ
短歌　東直子

土屋書店

「はじめに」にかえて

俳句・川柳・短歌がまたまた一堂に会して短詩界を盛り上げる！

前作、『50歳からはじめる俳句・川柳・短歌の教科書』で日本の短詩界に一石を投じた三者が、再び集結。今回は選者の目線で、短詩を愛する方々に問題形式で作品づくりのコツをご紹介いたします。

とその前に、前作から現在まで三者の世界ではどんな変化があったのでしょうか？短詩界の「今」から、お話をしていただきます。

監修者紹介

俳句監修

俳人 坊城俊樹 *Toshiki Bojo*

俳誌『花鳥』主宰。日本伝統俳句協会常務理事。国際俳句交流協会理事。日本文藝家協会会員。ＮＨＫ文化センター講師をはじめ、信濃毎日新聞「フォト×俳句」の選者のほか、平成１５年より２年間「ＮＨＫ俳壇」の選者も務める。俳人としても選者としても、多くの俳句愛好家から慕われており、現在は後進の指導に力を注いでいる。句集に『零』『あめふらし』（ともに日本伝統俳句協会）、『日月星辰』（飯塚書店）、著書に『丑三つの厨のバナナ曲るなり』（リヨン社）、『坊城俊樹の空飛ぶ俳句教室』（飯塚書店）などがある。

川柳監修

川柳作家 やすみりえ *Rie Yasumi*

全日本川柳協会会員。川柳人協会会員。文化審議会国語分科会委員。大学卒業後、本格的に川柳の世界へ入り、恋を詠んだ句で幅広い世代から人気を得る。抒情的川柳を提唱し現在、多数の企業や市町村が公募する川柳の選者・監修を務めるかたわら、全国各地で初心者向けの川柳教室を開催。朝日カルチャーセンター、ＮＨＫ文化センターなどでも川柳講座を担当。テレビやラジオなどへの出演も多く、川柳の魅力を伝える活動に従事している。句集に『ハッピーエンドにさせてくれない神様ね』『召しませ、川柳』（ともに新葉館出版）、著書に『やすみりえのトキメキ川柳』（浪速社）などがある。

短歌監修

歌人 東直子 *Naoko Higashi*

現代歌人協会理事。歌壇賞及び角川短歌賞選考委員。２０代で雑誌に短歌投稿を始め、常連の入選者となる。「かばん」同人。平成８年第７回歌壇賞を受賞。その後、「ＮＨＫ歌壇」の選者も務める。近年は短歌のほかに小説やエッセイ、絵本等の執筆にも力を入れている。歌集に『春原さんのリコーダー』『青卵』（ともに本阿弥書店）、『十階』（ふらんす堂）、著書に『とりつくしま』（ちくま文庫）、『トマト・ケチャップ・ス』（講談社）、『キオスクのキリオ』（筑摩書房）、『鼓動のうた』（毎日新聞社）、共著に『怪談短歌入門』（メディアファクトリー）、『回転ドアは、順番に』（ちくま文庫）などがある。

ますます熱い俳句、川柳、短歌のイマドキ

——前作から数年が経ちました。この数年の間に、短詩界ではどのような変化がありましたか？

川柳作家・やすみりえ（以下、やすみ）：川柳界は、さらに愛好者が増えているようです。それというのも、ここ数年で「シルバー川柳」や「ＯＬ川柳」「婚活川柳」「主婦川柳」「女子会川柳」などが登場し、さまざまなジャンルの川柳が楽しまれるようになりました。短歌界はいかがですか？

歌人・東直子（以下、東）：ちょっと変わったところでは、「ＢＬ短歌」というジャンルがあります。

俳人・坊城俊樹（以下、坊城）：なんですか、ＢＬ短歌って？

東：ＢＬとは、ボーイズ・ラブ（ＢＯＹＳ ＬＯＶＥ）のことです。男性同士の恋愛を、女の子たちが妄想する趣向です。最初からＢＬ短歌として詠む人もいるようですが、名歌を物語に当てはめて楽しむこともあるようです。

やすみ：想像をかき立てられるところがきっと楽しいのでしょうね。

東：そのほかに、私がツイッターで募集した「怪談短歌」も盛り上がっています。昨年末（２０１３年末）に公募したときは、６０００首ほどの応募がありました。

坊城：それはすごい応募数ですね。怪談というのだから、お化けや妖

怪が登場するんですか？

東：どちらかというと心理的な怖さに寄った作品が多いですね。たとえば「どのような声も悲鳴も漏れません最新型の火葬炉なので（土《つち》屋《や》智《とも》弘《ひろ》）」とか。

坊城：それは短歌だから、広がる世界ですね。俳句だとそこまで表現できないかもしれません。でも、川柳はジャンルとしてできそうではないですか？

やすみ：川柳は、人間を詠むのが主なので、すでにその要素が入っていて、あえてジャンルとしてはないかと思います。俳句界は、なにか新しい動きはありましたか？

坊城：テレビ番組で、ある俳人が芸能人が作った俳句を辛口で添削する企画があり、それが一般に受けているようです。それから、俳句甲子園（愛媛県松山市で開催される高校生のための俳句大会）の出身者たちが、ネット上でつながって活躍しているようですね。

若い方の力といえば、短歌を詠む男性が増えているそうですね？

東：学生短歌会が活発なのは確かです。部員の半分くらいが男子学生というところもあります。

やすみ：それはすごいですね。俳句はテレビで取り上げられることが多く、川柳は愛好者がさらに増えて、短歌は特に学生の力が大きくなって……。どの世界もますます活発なんですね。

盛り上がっている短詩界。公募も人気だけれどその一方で……

——先生方は、みなさん選者としても活躍されていますが、選をする現場ではこの人気はどう影響していますか？

東：たくさん作品が送られてきます。媒体によって年齢層や内容などある程度異なりますが、初句を読んだ時点で終わりが読めてしまう作品が多いと感じています。たとえば、「○○を食べたら、故郷が思い出されて懐かしい」という内容とか。短歌は初句が大事ですから、出だしから個性のある歌づくりをしてほしいです。

坊城：もっともですね。俳句にも同じようなことがいえます。できるだけ個性のある視点で、句を詠んでほしいです。

やすみ：川柳も同じです。選者としては、句でハッとさせてほしいですね。それから最近、軽いペンネームで送ってくる方が多いので、これにも意見をいわせていただきたいです。軽いペンネームとは、キャラクターをもじった名前であったり、○○の恋人とか○○ちゃんのパパ、○○のファンなど、作品の印象すら損ねてしまう名前です。

東：短歌もそういう人が増えていますよ。ネットなどの投稿ネームに近い感覚でしょうか。

やすみ：そうですね。なぜ好ましくないかというと、軽い名前は自分の作品に責任をもたなくなるからです。川柳で使う名前を「柳《りゅう》号《ごう》」といいますが、それに近いきちんとした名前や、あるいは本名で応募してほしいですね。実は、きちんとした名前で応募された方の句は、自分の作品に責任をもっているからか、優れた句が多いんですよ。

東：「私の作品」という意識が強まりますよね。

やすみ：名前にはもうひとつ問題があります。句を説明するような名前をつける方をときどき見かけます。そういった句は選ばれませんよね。

東：そうですね。説明を入れたい気持ちはわかりますけれど、作品の背景がすべて正確に伝わる必要はないんです。作品として新たな世界に踏み出してほしい、くらいの大らかな姿勢が必要ですね。

坊城：投稿者もそうだけれど、作品づくりを始めたばかりの人も、いい人が多すぎると思うね。ここは嫌なやつでいいから、不親切でいいから、説明しすぎない匂わせる作品を作ってほしい。自分の詠いたいことだけ一点集中で詠むような作品。そして読み手を信じてほしいね。

——名前の重要性は新しい視点ですね。これまで名前には、このような指摘はなかったのではないでしょうか。では、作品づくり自体へのアドバイスも教えてください。

坊城：俳人の藤《ふじ》田《た》湘子《しょうし》さんの言葉に、道徳観、倫理観、教訓、理屈、分別臭、風流ぶり、気取り、低劣な擬人法、俗悪な浪花節人情、古くさい、観念的、独善的、類句、類想、幼稚などを狙ったり、漂ったりしている句は残念な作品だといっているのがあります。特に俳句の場合は、私はこれに偽善、陳腐、新奇用法、川柳的用法をつけ加えて、「ありきたり」や「してやったり」な作品づくりをしないようにといいたいですね。

東：短歌にもほとんどのことが共通します。ところで新奇用法とは、奇をてらった表現ということでしょうか?

坊城：そうです。かっこよくみえる言葉は人の注意をひきますが、修飾に酔っていて肝心の言葉の意味がわからないことがあります。

やすみ：確かにそうですね。それから逆に意味がわかりすぎて、蛇足の表現をしている方も見受けられます。

坊城：そうそう、「早春の風の若さ」と詠まれても、早春の風はすでに若さを感じるものなので、そこは言葉を省略するべきだね。

東：たとえば一時期、「絆」という言葉がちまたに溢れましたが、絆という言葉を使わずに心情を表現してほしいとも思いました。

坊城：流行の言葉や手あかのついた表現も避けてほしいですね。そういった作品は類句や類想が多いですから。

やすみ：コンテストでは大賞ではなく、入賞や佳作を狙って安全ラ

ゆく春やグラスの中に言葉入れ二人の心のみほしている

インの作品を詠む方もいるようです。でも、選ばれたいという気持ちを抑えて、まずは自分のいいたい内容を詠むことに徹したほうがいいです。

東：何千、ときには一万を超える作品を読んで選をするなかで、そういった気持ちはわりあいよくみえてしまいます。とはいえ、限られた時間のなかで多くの作品に接していると、選者も人間ですから選に惑うときがあります。

やすみ：選者のほうも作品をしっかり見極める目と、クオリティが低い作品は選考から落とす勇気をもたないとダメですね。

短詩の世界はこれからさらに広がっていく

――公募の作品づくりは、かなり気をつける点があるようですね。ところで、作品は公募だけが発表の場ではないと思います。普段の生活のなかで、作品を楽しむコツを教えてください。

東：私は、名刺に歌を印刷しています。名刺を渡したときにオッとなります(笑)。

坊城：私は弔句を贈ります。事前に用意していくこともありますし、その場では詠むだけで、後日短冊に書いてお送りしたこともありましたね。

やすみ：私は花束やプレゼントを渡すときのメッセージカードに句を書いて差し上げることがあります。たとえば30歳の誕生日なら、「30」の数字を入れたりして。

東：知人の誕生日のとき、名前を折り句にして歌をプレゼントしたことがありました。

やすみ：暑中お見舞いや年賀状など、季節のご挨拶に作品をつける人は多いですよね。あとは、結婚式のスピーチ。最後に句を詠むとスピーチがまとまります。

坊城：こないだパーティーでも付け句をして楽しみましたよね。やすみさんが「グラスの中に言葉入れ」と川柳らしい七五をすでに詠んでいたので、私が上五に季語を入れて「ゆく春や」と詠んだんです。

東：えー、そうなんですか！　では私が下の句を加えましょう。こんなのはいかがでしょうか。「ゆく春やグラスの中に言葉入れ二人の心のみほしている」。

坊城、やすみ：おおーっ（歓喜）！　全員の合作ですね。

坊城：それぞれのエッセンスがつまっている。「心のみほす」という表現が短歌らしい。

やすみ：上の句だけだとグラスを持っている人数がわからなかったけれど、今日初めて「二人」になりましたね。

東：上五の「ゆく春」も動かない季語です。これが夏だったら、この切なさの滲《にじ》むいい雰囲気が出ないもの。

坊城：こんな高尚な遊び、ほかではできないよ。いい作品もできたし、やはり句も歌も楽しいですね。

やすみ、東：本当にそうですね。

鼎談の最後には、世界初ともいうべき、三者合作の思わぬ作品も完成。短詩界の可能性は、いまだ未知数。これからまだまだ新しいことができそうです。あなたの創造する力も、同じように枯れることはありません。これからその力を、問題を解きながら強化していきましょう。

もくじ

序章 問題を解く前に 俳句川柳短歌の基本をおさらい

第一章 俳句上達の練習帖

第二章 川柳上達の練習帖

第三章 短歌上達の練習帖

本書のルビについて
掲載作品のルビは、原句もしくは原歌にないものもあります。それは出版社である土屋書店編集部の責任においてつけさせていただいたものであり、監修者の指示によるものではありません。

序章

問題を解く前に
俳句川柳短歌の基本をおさらい

俳句・川柳・短歌の違いをおさらい！

俳句、川柳、短歌はすべて定型詩ですが、音数もルールも詠む内容も違います。それぞれの違いをおさらいしておきましょう。

☑「風」をテーマに俳句・川柳・短歌を詠みました。その違いを今一度、確認しておきましょう。

俳句

どの風の中にも祭《まつり》囃《ばや》子《し》かな（坊城俊樹《ぼうじょうとしき》）

5 / 7 / 5

・音数は**五七五の十七音**。
・**季語が必要**。この句の場合、祭囃子が夏の季語。
・**風景を切り取るように**詠む。

町の中で祭りがあり、その囃子の音が風にのってどこからか聞こえてくる様子を詠んだ句。

川柳

抱きしめた風はあなたの温度です（やすみりえ）

5 / 7 / 5

・音数は**五七五の十七音**。
・**季語は基本的に不要**。小道具的に入ることがある。この句には季語はなし。
・生活や社会、時代に絡めて**人間を詠む**。

温もりのある風、冷たい風など、風にはそれぞれ温度がある。それをどのように感じるかは、そのときの心境に左右されるものだと詠んだ句。

短歌

あのときはやさしかったし吹く風になにか千切ってやまないこころ（東直子《ひがしなおこ》）

5 7 5 7 7

・音数は**五七五七七の三十一音**。
・**季語は必ずしも入れる必要はない**。
・**作者の感覚や感情**を**風景を伴いながら**詠む。

少し遠ざかってしまった人の、優しかったころを思い出して詠んだ歌。風にちぎれて飛んでいくなにかが心のようで、切ない雰囲気を醸《かも》し出している。

問題に取り組む前に、それぞれの基本をしっかり押さえておこう！

俳句、川柳、短歌は、すべて定型詩です。しかし、定型詩とはいっても、**俳句と川柳は五七五の十七音、短歌は五七五七七の三十一音**で表現され、詠まれる音数が違います。また、季語への姿勢にも相違がみられます。日本の短詩というと、季語を入れなければならないと思っている方が多いようですが、**季語が必要なのは俳句のみ**。川柳と短歌は、自然に句や歌に詠み込まれていればいいというスタンスで、意識して入れる必要はありません。

さらに、詠まれる内容も違います。俳句は叙景詩といわれ、事物や風景を詠みます。他方、川柳は人間を客観的視点で詠み、短歌は個人の感覚や感情を風景を伴って詠みます。三者は似ているようで、大きく相違があるのです。この違いをまずはしっかりと理解しておきましょう。

俳句・川柳・短歌の一目瞭然表

俳句、川柳、短歌の特徴を一覧にまとめました。呼び方や主に使われている仮名遣いなど、そのほかの基本ももう一度、確認しておきましょう。

	俳句	川柳	短歌
作品例	どの風の中にも祭囃《まつりばや》子《し》かな	抱きしめた風はあなたの温度です	あのときはやさしかったし吹く風になにか千切ってやまないこころ
音数	五七五	五七五	五七五七七
発祥時代	江戸時代。「俳句」と表現されるようになったのは明治時代。	江戸時代。	和歌は奈良時代から。短歌と呼ばれるようになったのは、明治時代。
季語	**季語が主役**。	基本的に不要。小道具的な役割として季語が入ることがある。	必ずしも入れる必要はない。
使用する言葉	現代仮名遣いで口語体でも使用できるが、歴史的仮名遣いで文語が主流。	現代仮名遣いで口語体が主流。	現代仮名遣いで口語体が主流。作風として文語を使用する歌人がいたり、効果を狙って文語口語混じりを使う歌人も。

	感情表現	新しい言葉への対応	特徴	そのほか
	個人的な心情や思想は季語で連想させたり、婉曲《えんきょく》な言い回しをしたりして、直接的な表現は避ける。	普遍性を好む俳句では、瞬発力がある新しい言葉はやや受け入れがたい傾向にある。	**事物や風景を描写するのが特徴。**切れと省略を好み、余韻《よいん》が大切。したがって、作者の個人的な状況や心理を直接的に表現することを嫌う傾向にある。	作品は**句**と呼ぶ。作品を数えるときは、一句、二句。句を作る場合は、句を詠む、句を作る、作句《さっく》するともいう。歌、首という表現は用いない。俳句を詠む人を俳人《はいじん》と呼ぶ。一句内の構成は、最初の五音を上《かみ》五《ご》と呼び、次の七音を中七《なかしち》、最後の五音を下五《しもご》と呼ぶ。
	生活や社会、時代に絡めて人間の喜怒哀楽を自由に詠める文芸のため、想いをのせることができる。	柔軟ではあるが、安易に使うと言葉（句）がすぐに古くなってしまうため使用するには注意が必要。新しい言葉を使用するときは、句に普遍性をもたせることが大切。	**「人間を詠む」のが特徴。**ダジャレや標語ではない。現代の三部門＝ユーモア（笑い）、叙情《じょじょう》的、時事が主流。	作品は**句**と呼ぶ。作品を数えるときは、一句、二句。句を作る場合は、句を詠む、句を作る、作句するともいう。歌、首という表現は用いない。川柳を詠む人を柳人《りゅうじん》と呼ぶ。一句内の構成は、最初の五音を上五と呼び、次の七音を中七、最後の五音を下五と呼ぶ。
	短歌は個人の感覚や感情を中心として、風景を伴って詠む詩型。	柔軟ではあるが、それが作者の心情をよりよく表現できる場合に使われる。また、新しい言葉を使ったとしても、歌に普遍性をもたせることが必要。	**作者の個人的な主観、感情、心情をより細かく表現できる。**	作品は**歌**と呼ぶ。作品を数えるときは一首、二首。歌を作る場合は、歌を詠む、歌を作る、作歌《さっか》するともいう。句という表現は作品を数えるときは用いない。短歌を詠む人を歌人《かじん》と呼ぶ。一首内の構成は、最初の五音を初句《しょく》と呼び、次の句以降を二句目、三句目、四句目と呼び、最後の七音を結句《けっく》と呼ぶ。

三者に共通する基本ルールを確認！

それぞれの問題を解く前に、共通する作句・作歌の基本的なルールを確認しておきましょう。

一 定型を意識して、作句・作歌をすること！問題を解くときも、音数に注目を！

俳句

✕ よりそう二人のあとに雪が降る

俳句は五七五の十七音。しかしこの句は、上五《かみご》（最初の五音の部分）が一音足りない！ 内容はいいのに、これでは句として不完全！

〇 よりそうて二人のあとに雪が降る

→「よりそうて」とするとグッド！

川柳

✕ イケメンのいる打ち合わせにはワンピース

川柳は五七五の十七音。中七《なかしち》（真ん中の七音の部分）が二音多い！ 推《すい》敲《こう》していないことが丸わかり！

〇 イケメンのいる打ち合わせワンピース

→「打ち合わせには」の「には」を削除。この句の場合、「には」がなくても、内容が通じる。

短歌

✕ 嗄《しわが》れた手を取り歩く黄金路《こがねじ》はこうばしい香りとキャンディー

短歌は五七五七七の三十一音。下の句全体が字余り。リズムが悪く、推敲した形跡がない！

〇 嗄れた手を取り歩く黄金路はパンの香りとのど飴の味

四句目と結句《けっく》は現状のイメージを具体的な言葉に変えて、定型の音数にすると全体の調子がよくなる。

常に定型を意識すること。リズムがつかめると言葉選びにも違いが

俳句、川柳、短歌のおもしろいところは、限られた音数の中で、どこまで自分の感覚を自分の言葉で表現できるかという点です。

もし定型のリズムが体に染み込んでいない場合は、NG例のようにリズムが悪かったり、言葉の選択がイマイチだったりして、中途半端な作品で終わってしまうでしょう。さらに作句や作歌を続けていくと、破調（字余りや句またがりなどの技法）の形になる作品も出てきます。しかし、定型が体に染み込んでいないと意図性が感じられない作品になり、散らかしっぱなしの句や歌に終わってしまいます。

定型に沿わせることは、「推敲」すること。つまり、これがよい句・よい歌を作る第一歩になるので、音数を意識し、それに合う言葉を使って作品づくりをしましょう。

二 定型を守るには、言葉の数え方が重要！ 音数の数え方を身につけよう

1 「あ」から「ん」

通常の文字**五十音はすべて一音**として数える。※「ん」は**撥音《はつおん》**と呼ばれている。

【例】新幹線（六音）、いい気分（五音）、銀（二音）

2 「ー」長音《ちょうおん》

ひとつの音を長く伸ばして発音する音を長音という。長音は**一音として数える**。

【例】ハーモニカ（五音）、パレード（四音）、トイレットペーパー（九音）

3 「っ」促音《そくおん》

詰まる音。表記は小さい文字だが、**一音として数える**。

【例】とっても（四音）、切手（三音）、キャップ（三音）

4 「しゃ」「ちょ」など拗音《ようおん》

二字の仮名で書き表すもの。発音ではひとつの音となるため、**一音として数える**。

【例】一輪車（五音）、主人（三音）、茶（一音）、教育（四音）

外国語に注意！

FACEBOOKやTwitterといった、**外国語表記の言葉**は特に音数の数え方を慎重にすること。

【例】FACEBOOK（フェイスブック　六音）、Twitter（ツイッター　五音）

まず、通常の五十音はすべて一音と数えます。「ん」も一音として数えます。また、「ハーモニカ」など、「ー」長音も一音として数えます。「切手」などに入っている小さい「っ」も一音です。これは古来、大きい「つ」で表されたことが一音と数える理由のようです。さらに、「しゃ」「ちょ」などは、発音ではひとつの音となるため、一音と数えます。

ただし、音数の数え方には多少の違いがあります。右記の数え方は、あくまでも基本として覚えておきましょう。

音数がわからなくなったら一音一音指を折って数えてもOK

定型に句や歌を沿わせるために、言葉の数え方（三者とも文字ではなく、音で数えるため音数という）を知っておきましょう。

三

常に読み手のことを意識して言葉を選び、作品づくりに取り組もう！

✕ 俳句

踊り子が芒箒《すすきぼうき》にまたがって

芒箒ってなに？

✕ 川柳

顎《あご》の下20cmでほくそ笑む

ほくそ笑んでいるのは誰？

✕ 短歌

懐かしいあの顔ですらめんどうに青春の日をまたこじらせた

どういう意味？

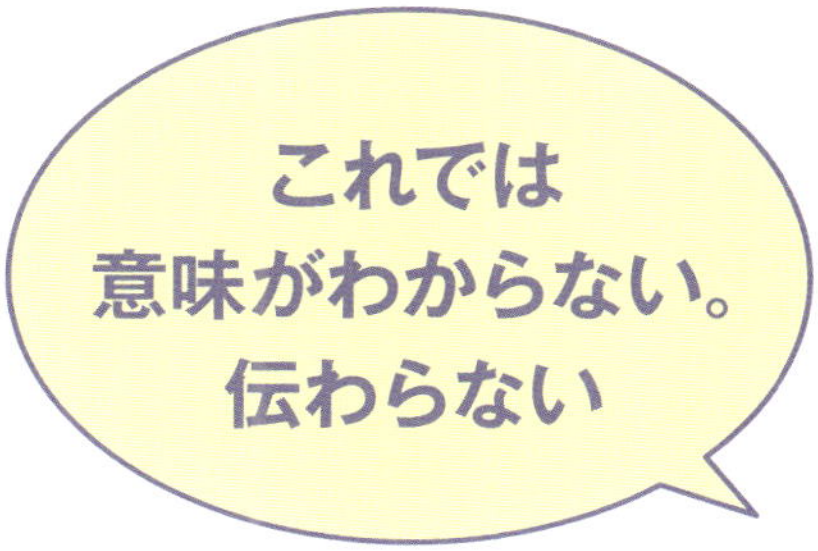

作品は他人に伝わってこそ評価される

名人級の俳人、柳人、歌人の作品はもちろんのこと、仲間内でも評価されている作品は、その内容が他人に伝わっているからこそ評価されています。基本的に俳句も川柳も短歌も、詩を通して何かを「伝える」「表現する」ものですから、独りよがりにならないように注意しましょう。

読み手を意識しない句や歌は、風景がイメージできないばかりか、一体誰のことを詠んでいるのか、誰の気持ちなのかなどがつかめません。また、誰にも伝わらない造語を詠み込んでしまう場合もあります。作品を発表せず、自分だけで楽しむ場合は別ですが、上達をしたいのなら、「伝える」ということを念頭において句・歌を詠みましょう。問題を解くときも、意味を考えたり、作品の背景に広がる世界を想像したりして言葉を導くといいでしょう。

各ジャンルのスタンスがわかる!

俳句・川柳・短歌の成り立ち

俳句、川柳、短歌は、すべて和歌を由来とし、
そこを起点に長い時間をかけて変化してきた定型詩です。
おおまかな成り立ちがわかれば、なぜ季語が必要なのか、音数が違うのかがわかる!

奈良・平安時代あたり

和歌とは、漢詩に対する呼称で、五音と七音の日本語で構成される定型詩のこと。その種類には、五七五七七の短歌のほかに長歌や旋頭歌《せどうか》があったが、平安時代以降は短歌が主流となり、和歌と呼ばれるようになった。季語には縛《しば》られていない。

和歌

室町時代あたり

連歌とは、和歌における五七五と七七の韻律《いんりつ》を使い、複数の人数でそれらを交互に連作（付け句）していった詩型。俳諧連歌は、連歌における遊戯性《ゆうぎせい》を高めたもの。連作の最初の五七五は発句《ほっく》と呼ばれ、季語と切れがある。

連歌《れんが》

俳諧《はいかい》連歌

江戸時代

川柳　俳諧

明治時代〜

俳諧連歌のうち七七である下《しも》の句《く》をお題とし、それに機知《きち》に富んだ五七五をつけ加えたもの（付け句）が独立、川柳となる。付け句のため、季語や切れの制約はない。

短歌

明治時代初期に、正岡子規《まさおかしき》らが和歌の革新を唱えて、近代短歌を創出。季語には縛られず、近代化された新しい時代に合わせた、固有の言語表現を可能にした。

俳句

俳諧連歌のうち最初の五七五（発句）が江戸時代・松尾芭蕉《まつおばしょう》の時期に独立、明治時代に俳句と称される。発句は季語と切れがあるため、俳句はそれらを重要視する。

第一章

俳句上達の練習帖

【俳句の基本】リズムをものにする

俳句は五七五で詠まれる定型詩です。俳句を詠むときは、基本的にこの韻律に沿って言葉を添わせます。

まずは俳句のリズムから、勉強していきましょう。

俳句の基本的構造

柿くへば鐘が鳴るなり法《ほう》隆《りゅう》寺《じ》（正《まさ》岡《おか》子《し》規《き》）

5 ← 最初の五音を「上五《かみご》」という

7 ← 次の七音を「中七《なかしち》」という

5 ← 最後の五音を「下五《しもご》」という

俳句は、五七五の**十七音で構成されている**。

Q 上五と中七、下五をつないでみよう

次の句の、上五とそれ以下を結びなさい。

上五《かみご》

1 閑《しずか》さや
2 張りとほす
3 流れ行く
4 さみだれの
5 湯豆腐や
6 下京《しもぎょう》や

中七《なかしち》

A 大根の葉の
B 女の意地や
C 雪つむ上の
D いのちのはての
E 岩にしみ入る
F あまだればかり

下五《しもご》

イ うすあかり
ロ 浮御堂《うきみどう》
ハ 早さかな
ニ 蝉《せみ》の声
ホ 夜の雨
ヘ 藍《あい》ゆかた

上五と中七、下五をつないでみよう【解答と解説】

選者からのひと言 ―問題のねらい―

問題はすべてきっちりと、五七五に沿った句です。最初の問題は、俳句のリズムを感じることが主ですが、問題を解く上では中七と下五の言葉の意味をさぐり、句としての流れも意識してみましょう。最後はできるなら、自分なりに句を鑑賞してみましょう。

閑《しずか》さや岩にしみ入る蝉《せみ》の声（松尾芭蕉《まつおばしょう》）

1 と E と ニ

蝉の鳴き声だけが響いている深山にいるとき、鳴き声が岩にさえ染み込んでしまうと感じた一瞬を句にした。風が止まった感じさえ伝わってくるのも、この句のすごさだろう。また、上五が「や」という切れ字を使って切れているのも、山が瞬間に静まり返った風景と合っている。

張りとほす女の意地や藍《あい》ゆかた（杉田久女《すぎたひさじょ》）

2 と B と へ

作者は、高浜虚子の「ホトトギス」で活躍するも、のちに除名処分を受けたほど激しい人生を送った女流俳人。女性の性を詠むのがうまく、この作品でも、貧しいけれど女の意地を通そうとする女性の気の強さが表れている。

流れ行く大根の葉の早さかな（高浜虚子《たかはまきょし》）

3とAとハ

高浜虚子の代表句。「客観写生」を提唱した人物らしく、写生句となっている。大根の葉を家の前の川で洗っていて、その葉が流れていった一瞬を捉え、写真を写すように詠んだ。虚子が写生句を確立するきっかけになった句。

さみだれのあまだればかり浮御堂《うきみどう》（阿波野青畝《あわのせいほ》）

4とFとロ

さみだれとは梅雨の長雨のこと。一方、あまだれは一定のリズムで落ちていく雫《しずく》のこと。上五と中七が韻を踏んでいることから、この季節の雨のリズムとも調和している。さらに、故意にひらがなを使っているところも見習いたい表現。

湯豆腐やいのちのはてのうすあかり（久保田万太郎《くぼたまんたろう》）

5とDとイ

湯豆腐の湯気の先のそのまた先に人生が見えるような、大きな句。湯気とお店の灯火がじんわりと滲《にじ》む感じもいい。上五の「や」という切れ字を「湯豆腐の～」とすると、途端に内容が限定されて、原句のような世界観にならない。ほかに置き換えられない表現も秀逸。

下京《しもぎょう》や雪つむ上の夜の雨（野沢凡兆《のざわぼんちょう》）

6とCとホ

向井去来《むかいきょらい》と野沢凡兆で編集をした『猿蓑《さるみの》』に収められている作品。松尾芭蕉が上五を発案したことでも有名で、芭蕉は「ここは『下京』でなければならず、もしこれより優れた上五があるならば二度と俳諧のことを言わない」とまでいったそう。親しみのある家並が続く京の雪が雨に溶ける。その風景こそがもっとも京都らしい。

【俳句の基本】季語を熟考する

季語は俳句の主役であり、句で言い表したい内容と季語が一致していることが名句への道です。季語はそれだけでさまざまなイメージのほか、句に奥深さや奥行きをもたらします。ここでは季語についてじっくり考えてみましょう。

秋 深き隣《となり》は何をする人ぞ（松尾芭蕉《まつおばしょう》）

これが季語

季語は季節の詞（ことば）のことで、**俳句を詠む際の主役。**

この季語を中心に風景を詠むのが俳句だ。

季語は**ひとつの句に対してひとつ入れるのが原則。**

季語がふたつ入っている句は「季重《きがさ》なり」といわれ、基本的に句として認められない。

Q 季語を考え、感じ取ってみよう

次の句は季語がすべて原句とは違っている。句を鑑賞して何が変なのか、もしくはどこが変なのか、違和感を覚えた箇所とその理由を答えよ。

1 七月の川七月の谷の中

2 是《これ》があつひの栖《すみか》か蕗《ふき》五尺

3 有る程の茄《な》子《す》抛《な》げ入れよ棺の中

4 暗く暑く大群衆と相撲待つ

5 爛《らん》々《らん》と昼の星見えパセリ生え

思考のヒント

四季に通じている日本人。直感で答えると意外と当たるかも！？

季語を考え、感じ取ってみよう【解答と解説】

選者からのひと言 ―問題のねらい―

季語は、それがもつさまざまなイメージや奥行きなどを句に与えてくれますから、俳句では大変重要な要素です。この問題では、名句へ一歩でも近づけるように、句で伝えたい内容と季語が一致する句づくりの土台を固めましょう。句を鑑賞して、違和感を感じてください。

1

ここが変　**七月の川七月の谷の中**

原句　**一月の川一月の谷の中（飯田龍太《いいだりゅうた》）**

この句は冬の季語である一月だからこそ、景色が明瞭となり日本の原風景となる。一月の谷には雪が積もっており、その間に干上がり気味の黒々とした線が見えてくるのだ。これが七月では谷は緑で覆《おお》われ、川も水に覆われている。白い雪と黒い川、水墨画のように景色が浮かび上がるのは、一月という季語だけである。二月は春の季語。

2

ここが変　**是《これ》がまあつひの栖《すみか》か蕗《ふき》五尺**

原句　**是がまあつひの栖か雪五尺（小林一茶《こばやしいっさ》）**

作者の最晩年の句で、長野県の田舎で詠んだとされる。雪深い田舎で、作者はここで死ぬのかと思ったに違いない。雪で閉ざされた世界と「つひの栖」が響いている。季語が「蕗」では生命力に溢れ、句の内容と一致しない。

3

ここが変

有る程の茄子《なす》抛《な》げ入れよ棺の中

原句

有る程の菊抛げ入れよ棺の中（夏目漱石《なつめそうせき》）

夏目漱石が英国留学時に詠んだ句で、友人の亡くなった妻への弔句《ちょうく》。弔いの句には、古風なイメージや喪のイメージのある菊が季語としてふさわしい。茄子はもってのほか。

4

ここが変

暗く暑く大群衆と相撲待つ

原句

暗く暑く大群衆と花火待つ（西東三鬼《さいとうさんき》）

原句の季語は「花火」。この句は、真夏のムッとした空気の中で人々が花火を待っている様子に、抑圧された国民を重ねているといわれている。引っかけの「相撲」に変えると、作者が句に託したかった抑圧された雰囲気が出ない。

5

ここが変

爛《らん》々《らん》と昼の星見えパセリ生え

原句

爛々と昼の星見え菌《きのこ》生え（高浜虚子《たかはまきょし》）

写生俳句の名手、高浜虚子の異端の句。一般的に写生句のスタンスで解釈されているが、心象（幻想）風景と解釈もできる。菌は夜に生えるといわれているが、作者は昼の星（太陽も星のひとつ）の下に菌が生えてきているとイメージして詠んだのだろう。ここを昼間に生長するパセリにすると、まったく普通の句になってしまう。

Q 虫食い名句で俳句を深めよう

次の句の空欄（すべて季語）を、選択肢から選んで埋め、その季節を答えよ。

江戸俳句

1 □落ちて昨日の雨をこぼしけり

2 □□して御《おん》目《め》の雫《しずく》ぬぐはばや

3 □一輪一輪ほどの暖かさ

近代俳句

4 いくたびも□の深さを尋ねけり

5 かたまつて薄き光の□かな

思考のヒント

歳時記《さいじき》を
調べてみよう！

現代俳句

6 金剛《こんごう》の□ひとつぶや石の上

7 バスを待ち大路の□をうたがはず

8 □□□はまことに青き味したり

9 しんしんと□□がたのし歩みゆく

10 絶滅のかの□を連れ歩く

【選択肢】

A 若葉　B そら豆　C 牡丹　D 雪　E 枯葉　F 椿　G 秋

H 草もち　I 梅　J 菫《すみれ》　K いんげん　L 露《つゆ》　M 落葉

N 狼　O 蛍　P 春　Q 桜　R 筍　S 寒さ　T 時雨

虫食い名句で俳句を深めよう【解答と解説】

選者からのひと言 ―問題のねらい―

ふさわしい季語を選ぶには、句を鑑賞する力と、季語そのものの知識が必要です。引っかけの選択肢に惑わされないように、前後の内容を読み解いて、句に合う季語を見つけましょう。俳句初心者は、歳時記を使って問題を解いても構いません。その際、ただ調べるだけでなく、歳時記に書かれている季語の解説も読んでしっかりと勉強しましょう。

1 と F

江戸俳句

椿落ちて昨日の雨をこぼしけり（与《よ》謝《さ》蕪《ぶ》村《そん》）

春の季語

慎ましやかに花が咲く椿は、花が散るのではなく、そのものがぽとりと落ちるとその中に含んでいた昨日の雨も一緒にこぼしたという句。花が大きく開く百合や小さな梅の花では、花が落ちるのと「こぼしけり」が響かないため、ここは椿がふさわしい。

若葉して御目《おんめ》の雫《しずく》ぬぐはばや（松尾芭蕉《まつおばしょう》）

夏の季語

2 と **A**

この句には詞書《ことばがき》があり、「招提寺《しょうだいじ》鑑真《がんじん》和尚《おしょう》来朝《らいちょう》の時、船中《せんちゅう》七十余度《ななじゅうよたび》の難《なん》をしのぎたまひ、御目のうち塩風《しおかぜ》吹入《ふきいり》て、終《つい》に御目《おんめ》盲《しい》させ給《たま》ふ尊像《そんぞう》を拝《はい》して」とある。唐招提寺にある鑑真像を見たときの句で、「雫」は若葉の露《つゆ》と鑑真の涙にかかっている。季語は瑞々しい「若葉」でなければ、この句は成立しない。

梅一輪一輪ほどの暖かさ（服部嵐雪《はっとりらんせつ》）

春の季語

3 と **I**

作者は江戸時代前期の俳諧師《はいかいし》で、芭蕉の弟子。その中でも、特に優れた高弟十人を指す蕉門十哲《しょうもんじってつ》のひとり。梅は春を知らせる花。一輪だけ咲いているところに、ほんのりとした暖かさが感じられ、まさに春が兆している様子が伝わってくる。

近代俳句

いくたびも雪の深さを尋ねけり（正岡子規《まさおかしき》）

冬の季語

4 と **D**

最晩年、寝たきりとなった正岡子規が、看病をしている妹のりつに尋ねたことが句となっている。死期が近い自分の身の上が雪と響いて、深い意味をもたらしている。

かたまつて薄き光の菫《すみれ》かな（渡辺水巴《わたなべすいは》）

春の季語

5 と **J**

高浜虚子の弟子で、繊細な感覚を持つ俳人の作品。小さな花が集まってようやく美しい「薄き光」を放つので、この句の季語は春の花である「菫」がふさわしい。

現代俳句

金《こん》剛《ごう》の露《つゆ》ひとつぶや石の上（川《かわ》端《ばた》茅《ぼう》舎《しゃ》）

秋の季語

6とL

金剛とは光り輝くもので、気高く美しいイメージ。そのような光る露が一粒、無機質な石の上にあったという句。また、露ははかないものの象徴で、人生を映す素材。仏教的な世界も蔵《ぞう》しており、この句の内容を捉えている。

バスを待ち大路の春をうたがはず（石《いし》田《だ》波《は》郷《きょう》）

春の季語

7とP

この大路は、古都のそれではなく都会の大通りのこと。そこでバスを待っている時間と、青春の時間を重ねている点が瑞々しい。ほかの季節では、温かさや柔らかさが出ないため、季語は春がふさわしい。

そら豆はまことに青き味したり（細《ほそ》見《み》綾《あや》子《こ》）

夏の季語

8とB

理屈なく合点がいく句。そら豆のゆであがった色が加味されていて、「青き味」が真のよう。ほかの豆類ではここまで瑞々しい句にならないため、ここはやはり「そら豆」しか当てはまらない。

しんしんと寒さがたのし歩みゆく（星《ほし》野《の》立《たつ》子《こ》）

冬の季語

9とS

「しんしん」というオノマトペにつながるのは、冬の季語である「寒さ」しかない。雪が積もっている光景が目に浮かび、雪を踏みしめる音まで聞こえてきそうなかわいらしい句。

絶滅のかの狼を連れ歩く（三橋《みつはし》敏雄《としお》）

10 と N

冬の季語

明治時代末に絶滅した日本狼を季語として、過去と現代を新しい感覚で詠んだ句。作者はもともと新興俳句無季派として注目を浴びたが、この句は季語を入れて詠んでいる。

季語のおさらい

季語を中心に詠む俳句にとって、歳時記《さいじき》（季寄せ）は必ず用意しておきたいアイテム。家で俳句を詠むときはもちろん、吟《ぎん》行《こう》（野外で行われる俳句会）でも必ず使う。

また、季語は、歳時記に掲載されているものを使うのが大原則。新しく作った独自の季語は基本的に認められていない。特に、公募作品では、そういった句はすぐに落選の対象となる。

さらに季語は、一句にひとつ使うのが基本のほか、当季のものを使うと句が詠みやすいだろう。冬に夏の句を詠んだとしても、体感が伴わないため薄い内容の句になってしまう。

【俳句の基本】切れを知ろう

俳句を詠むときの基本は、定型と季語ですが、切れも重要な要素。句に切れがあると、気持ちや情景が省略されることで、句に余韻が出ます。切れの効果から句に取り入れるテクニックまで学んでみましょう。

古池や蛙飛びこむ水の音（松《まつ》尾《お》芭《ば》蕉《しょう》）

これが切れ →「や」

切れとは「間」であり句の切れ目のこと。

切れは、**場面を転換する効果**があり、文章なら「。」がつけられる部分をいう。

「や」「けり」「かな」がよく知られている切れの言葉で、**ひとつの句に一度だけ使うのが原則**。

切れがあると、句に余韻が出るばかりか、表現に完結性がもたらされるため、句を引き締める効果もある。

Q 句の余韻、切れを深めよう

次の句は❶が切れがある句、❷が切れをなくした句だ。2つの句を鑑賞して、その違いを答えよ。

❶ 古池や蛙飛びこむ水の音

❷ 古池の蛙飛びこむ水の音

句の余韻、切れを深めよう【解答と解説】

選者からのひと言 ―問題のねらい―

切れとは、場面転換の効果があるテクニックです。問題で挙げられている句の切れ字はたった一字ですが、この一字が実は効果絶大。「や」にすることで、句の世界観が大きく違ってくるばかりか、季節も変わります。切れ字の効果を十分に考えながら、ふたつの句を比べてみましょう。

1 古池や蛙飛びこむ水の音

2 古池の蛙飛びこむ水の音

この二句の**味わいを比べてみる。**

実は「や」でも「の」でも、場面設定としては同じで、どちらも古池にカエルが音を立てて飛び込んでいる風景になる。しかし、句の深さや世界観は断然、「や」のほうが大きい。それというのも、この句が作られる以前の「蛙」は、その鳴き声を愛でてそして春の訪れを感じさせる対象であったのに対し、芭蕉はカエルが池に飛び込む音で春の訪れを表現したからだ。つまり、「蛙」という季語の新しい捉え方を踏まえると、「の」にすると、池に飛び込む音は単に飛び込んだときの音にしかならないが、「や」で場面を切って場面転換をすると、切れ字の効果でカエルが池に飛び込んだ瞬間に冬から春に季節が変転するのである。「古池や～」が名句といわれるのは、俳句が季節の変遷を詠む分野であり、この句が見事にそれを捉えているからだ。

Q 切れを意識した作品づくりをしてみよう

次の句のイマイチな部分を考えて、添削せよ。

1. 嬰《みどり》児《ご》や伸ばした腕に銀河かな
2. 長編のロマンのごとく時雨けり
3. 牌《はい》門《もん》や奥に続くは湯気の福
4. 梅の香は舞遊ぶ子の肩に落つ
5. 肩上げの古《ふる》浴《ゆ》衣《かた》から咲く少女

思考のヒント

切れ字の使い方に注意しましょう。

切れを意識した作品づくりをしてみよう【解答例と解説】

選者からのひと言 ―問題のねらい―

切れ字は、俳句にとって非常に有効なテクニックですが、かといってすべての句に切れ字を入れる必要はありません。切れはそれを入れることで場面が転換しますから、内容的に転換が必要ない句はわざわざ切れなくてもいいのです。そのあたりの判断ができると自身が作句するときに役立ちます。添削の句も、いろいろなパターンを考えてみました。

1

嬰児《みどりご》や伸ばした腕に銀河かな

A 嬰児の指のさしたる銀河かな

B 嬰児の腕にかかへし銀河かな

切れ字は、ひとつの句に対して一回の使用が基本。そのため上五の「や」、もしくは下五の「かな」のどちらかを変えなければならない。句の内容を考えると「嬰児」と「伸ばした腕」は同一人物なので、上五は切れ字ではなく、「の」として内容的に続けるとよい。さらに、この句には銀河を嬰児がどうするのかを暗示させる動詞がない。そのため中七は「指でさす」や「腕にかかえる」もしくは、「手でつかむ」など、嬰児の未来を暗示するような動作が加わるとグッといい句になる。

2 長編のロマンのごとく時雨けり

A 長々とやむ気配なき時雨かな

B 長々と路濡らしゆく時雨かな

原句の「けり」は二音あまってしまったため、しかたなく俳句っぽい言葉で埋めたとしか感じ得ない。内容も全体的に悪く、長編とロマンは、言葉が含んでいるものが近すぎる。また、時雨にはすでにロマンが含まれているため、あえて音数を割く必要はないだろう。冬の季語である「時雨」をいかして添削し、「かな」という詠嘆の切れ字で締めると句がすっきりとする。

不思議な季語の世界

季語には、なぜこの季節に区分されているのか?と不思議に感じるものもある。例えば春の季語に区分けされている「フラココ（ブランコ）」。鞦韆（しゅうせん）ともいい、中国から渡ってきた言葉である。中国では春、宮中の若い女性たちが、裾《すそ》を翻《ひるがえ》してブランコで遊ぶ儀式があったことから、この季語は春となったようだ。

また、「花火」は夏の季語と思いがちだが、歳時記《さいじき》によっては、秋（初秋）と区分されているものもある。これはお盆の関係だとみられている。大都市圏ではお盆が七月に行われることがあるが、地域によっては月遅れの八月に行うところもある。人々の生活の変化により、歳時記も時間をかけて変化しているのだ。

3

牌門《はいもん》や奥に続くは湯気の福

A 牌門の奥におじやの湯気続く

B 牌門の奥におじやの湯気の福

牌門とは、中華街などの入り口にある大きな門のこと。句の内容は、門から続く道を見ると何かしらの湯気が見えるという風景なので、上五は切れ字を使う必要がないことがわかる。また、実は原句には季語がなく、俳句として根本的に成立していない。この句にふさわしい季語と、おそらく「湯気の福」が意味するところは食べ物の湯気と推測できるので、冬の季語である「おじや」をあてがって句の意味が通るようにした。

4

梅の香は舞遊ぶ子の肩に落つ

A 梅の香を肩に遊ばせ舞ふ子かな

B 梅の香や舞ひ遊ぶ子の肩にさへ

C 舞遊ぶ子や梅の香を肩に乗せ

原句には切れ字が見あたらないが、句の流れ次第では切れ字を使ってまとめると余韻が残る。原句は内容が伝わる句なので、そのイメージを損なわないように、三パターンに添削をしてみた。添削Aは、下五に「かな」を使って、最後まで一気に読める句にした。添削BとCは、句の中ほどに切れ字を使い、句の背景にあるそれぞれの景色を広げた。

5 肩上げの古浴衣《ふるゆかた》から咲く少女

A 少女咲くなり肩上げの浴衣着て

B 牡丹咲かせて肩上げの浴衣かな

切れ字を考えるよりも、まずは原句の内容をみてみよう。この句を難解にしているのは「咲く」対象だ。少女が浴衣を着たらパッと花が咲いたように愛らしかったといいたかったのだろうが、原句のままでは少女が咲いたのか、着ている浴衣の柄が咲いたのか判断に困る。このため、ここを明快にする必要がある。添削Aは、句の中ほどで切って、句の景色が浮かぶように変更した。一方、添削Bは、咲く対象を浴衣の柄に変えたパターン。少女という言葉が省略されたが、全体から少女の雰囲気が香る句になった。

【俳句の技法】仮名遣いを考える

俳句は歴史的仮名遣いで表現するのが主流ですが、作風として現代仮名遣いを用いる俳人もいます。いずれにせよ、ひとつの句に歴史的仮名遣いと現代仮名遣いが混在しないように注意しましょう。

歴史的仮名遣い

小言いふ相手もあらばけふの月（小《こ》林《ばやし》一《いっ》茶《さ》）

冬菊のまとふはおのがひかりのみ（水《みず》原《はら》秋《しゅう》桜《おう》子《し》）

現代仮名遣い

毎年よ彼岸の入りに寒いのは（正《まさ》岡《おか》子《し》規《き》）

右が俳句の主流である歴史的仮名遣いの例句で、左が現代仮名遣いの例句。俳句を詠む際、表現はどちらでも構わないが、ひとつの句に歴史的仮名遣いと現代仮名遣いを混在しないのが原則。文法的にも混乱が生じるため、とにかくごちゃまぜは避けなければならない。ちなみに、歴史的仮名遣いは格式ある雰囲気を出し、切れ字（や、けり、かななど）との相性もいい。口語は句に新しさを与える。

Q 間違えたくない季語の歴史的仮名遣い

次の季語の歴史的仮名遣いを書け。

1 囀《さえずり》（春） 2 鶯（春） 3 蝶（春） 4 猫の恋（春） 5 夕立（夏）
6 向日葵（夏） 7 田植（夏） 8 芭蕉（秋） 9 踊（秋）
10 葡萄（秋） 11 氷（冬） 12 元日（新年） 13 初詣（新年）

思考のヒント
問題は、間違えやすい季語をピックアップ。わからないときは辞書で調べてみましょう。

間違えたくない季語の歴史的仮名遣い【解答と解説】

選者からのひと言 ―問題のねらい―
うっかり間違いは恥ずかしいので、正しい表記をおさらいしておきましょう。

1 さへづり 2 うぐひす 3 てふ 4 ねこのこひ 5 ゆふだち 6 ひまはり
7 たうゑ 8 ばせう 9 をどり 10 ぶだう 11 こほり 12 ぐわんじつ 13 はつまうで

【俳句の技法】オノマトペ考

オノマトペとは、擬音語、擬声語などとも呼ばれる物の音、音声を言葉化したものです。音で表現することで、細かなニュアンスを句に託すことができます。

代表的なオノマトペを使った句

寒雷《かんらい》やびりりびりりと真夜の玻璃《はり》（加藤楸邨《かとうしゅうそん》）

かりかりと蟷螂蜂の皃を食む（山口誓子《やまぐちせいし》）

「寒雷」は冬の雷のことで、加藤楸邨が作った冬の季語。稲妻と寒さとガラスに「びりりびりり」というオノマトペがきいている。二句目は、強者が強者を食べている感じがよく出ている。ここがむしゃむしゃ、もぐもぐでは句におもしろみがなくなってしまう。オノマトペは、句にインパクトやリズム感を与える技法だからこそ、用いるときは他人にも届く表現を選択することが重要だ。

オノマトペの練習問題

Q 感性を鍛えよう

次の句の空欄を選択肢から選んで埋めよ。

1 □□□□とワンタンするクリスマス

2 □□□□のふくろふの子のふかれをり

3 三月の甘納豆の□□□□□

【選択肢】

A あちちち　B うふふふ　C もふもふ　D おほほほ

E へろへろ　F ふはふは　G ずるずる　H ぎゃははは

思考のヒント

形や体感など
イメージをふくらませて
みましょう。

感性を鍛えよう【解答と解説】

選者からのひと言 ―問題のねらい―

雰囲気を体感で伝えられるのがオノマトペです。長く説明するよりも、気持ちが一瞬で伝わり、耳でも聞こえてきそうな感覚を与えられます。共感できる言葉を探してみましょう。

1とE　へろへろとワンタンするクリスマス（秋元《あきもと》不死男《ふじお》）

2とF　ふはふはのふくろふの子のふかれをり（小澤《おざわ》實《みのる》）

3とB　三月の甘納豆のうふふふ（坪内《つぼうち》稔典《としのり》）

一句目は抜群の感覚で言い得た表現。ワンタンとクリスマスの取り合わせもおもしろい。二句目は、オノマトペを使うことで、フクロウの子のやわらかな毛の感じが伝わってくる。三句目は若い女性を表すオノマトペがふさわしい。

【俳句の技法】たとえをものにする

たとえ、つまり比喩《ひゆ》技法は最も取り入れやすい技法ですが、簡単に使えるからこそ実は難しいテクニック。このページでは、たとえの極意を学びましょう。

たとえを使った代表的な句

一枚の餅のごとくに雪残る（川端茅舎《かわばたぼうしゃ》）

「〇〇のごとく」「〇〇のよう」は、たとえるときの言葉として一般的。ただし、〇〇に当てる言葉が近くても遠くても比喩は成功しない。絶妙な距離感が重要だ。川端茅舎の句は、杭《くい》の上などにこんもりと残っている雪を一枚の餅と捉えたところに、共感が寄せられる。

葡萄食ふ一語一語の如くにて（中村草田男《なかむらくさたお》）

この句も「〇〇のごとく」を用いたたとえの句。注目したいのは、葡萄《ぶどう》だからこそ「一語一語」が際立ってくるところだ。日本人らしい丁寧な食べ方も伝わってきて、感覚的に大変おもしろい句になっている。

たとえの技法のポイントは、近からず遠からず、絶妙な距離感でたとえること。避けたいのは、「バケツをひっくり返したような雨」「借りてきた猫」など慣用的な表現。句を陳腐《ちんぷ》にしてしまうため、表現者としてはできるだけ用いずに詠みたい。

たとえの練習問題

Q 比喩表現に強くなる！

次の句のイマイチな部分を考えて、添削せよ。

1 初雪を紅葉のやうな手が迎へ

2 名月は盃《さかずき》に落ち籠《かご》の鳥

3 赤い糸辿《たど》りし先の掘ごたつ

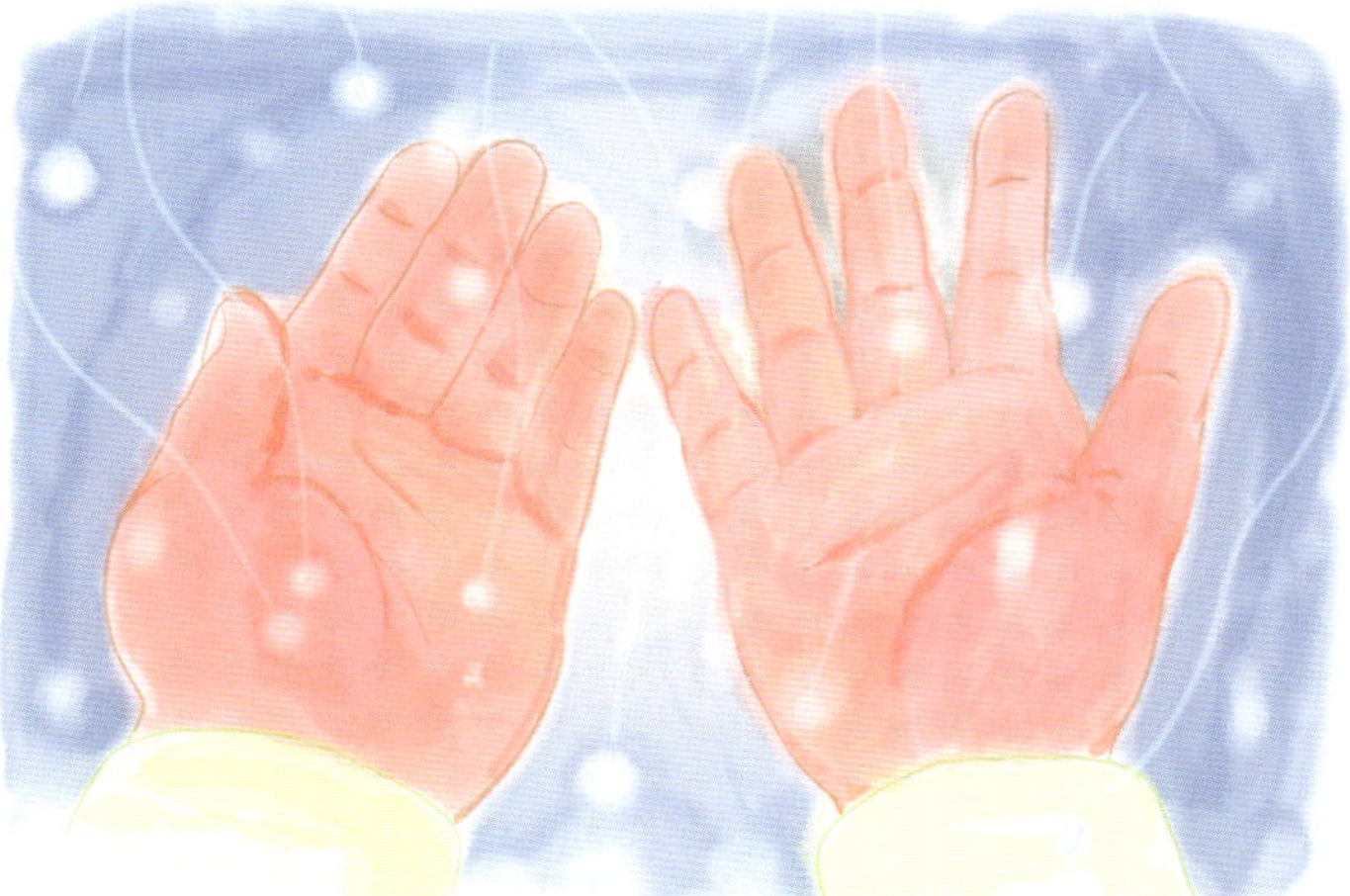

比喩《ひゆ》表現に強くなる！【解答例と解説】

選者からのひと言 ―問題のねらい―

たとえの難しいところは、近からず遠からず比喩するところ。また、句によってはたとえずにそのイメージをすんなり表現したほうが句として成功することもある。たとえるとなんとなく格好のいい表現になるためついついテクニックを使いたくなってしまうが、言葉に酔《よ》いしれることなく適材適所、言い得て妙の表現を追究しましょう。

1 初雪を紅葉のやうな手が迎へ
→ 淡雪《あわゆき》を真珠のやうな指迎へ

まず、「紅葉のような手」という表現が非常に慣用的なので、避けること。また紅葉が、季語の初雪と重なっていることも句として成功しているといえない。添削例は初雪をもっと具体的な季語に変更し、たとえも季語の「淡雪」に響く「真珠」とした。淡雪とは春の雪のことで、降ってもすぐに溶けてしまう雪を指す。はかない切片と真珠が響くと、美しい光景が浮かび上がってくる。

2

名月は盃《さかずき》に落ち籠《かご》の鳥

A 名月を捕らへ浮かめて小《こ》盃《さかずき》

B 浮かべるや吾《わ》が名月を盃に

C 去りし夜《よ》の彼《か》の名月や盃《はい》に浮く

原句の内容は、おそらく盃に映った月を捕らえたといいたかったのだろう。だが、月を自分のものにしたかったのか、もしくは名月をただ単に捕らえたかったのか、過去に見た名月のことを表現したかったのか、一読ではその意味を判断できない。また、「籠の鳥」は俳句的にはそのまま、籠に入っている鳥を指すため、たとえとしても適当といえない。ここはたとえるのではなく、原句のイメージを素直に表現したほうが句として成立する。

3

赤い糸辿《たど》りし先の掘りごたつ

A 横顔を盗み見てゐる堀《ほり》炬《ご》燵《たつ》

B 予感ある人をかたへの堀ごたつ

C この人を辿りたくなる堀炬燵

赤い糸は、運命の相手とつながっている意味をもつが、俳句的には、赤い糸はそのまま赤い色をした糸を指す。原句はたとえが慣用的すぎる上、俳句的に内容を捉えるとロマンティックな風景には広がらないため、添削は原句の恋愛的イメージを具体的にした。この句の場合も、比喩表現を用いずに句にしたほうが内容が伝わる。

【俳句の技法】破調講座

破調とは、五七五の定型に当てはまらなかったり、トータルでは十七音ですが、六五六や五四八など、通常とは違う配分をする句の調べのことです。必然性がある場合にのみ、この技法を使ってみましょう。

字余りの代表句

夏《なつ》潮《しお》の今退《ひ》く平家亡ぶ時も（高《たか》浜《はま》虚《きょ》子《し》）

字足らずの代表句

墓のうらに廻《まわ》る（尾《お》崎《ざき》放《ほう》哉《さい》）

句またがり

寒き電線絡《から》み入るスナック純（坊《ぼう》城《じょう》俊《とし》樹《き》）

破調には、字余りや字足らず、句またがりといった種類がある。字余りは感動や驚き、不安などを呼び起こす効果があり、字足らずは、相当技量のいる形で、俳句では認められないことが多い。句またがりは五七五以外の配分で詠まれる句のことだ。いずれの形も、作者の気持ちが溢れたり、感動や驚きがあったりしたときに使われるが、推敲して定型になるようなら、その句は五七五に沿わせる必要がある。

破調の練習問題

Q イレギュラーな句の良さを知る

次の句を鑑賞し、自分なりの鑑賞のポイントを述べよ。

1 目には青葉山ほととぎす初鰹《はつがつお》

2 どうしようもないわたしが歩いてゐる

3 月が明るくて帰る

4 これはこれはとばかり花の吉野山

5 もがり笛風の又三郎やあーい

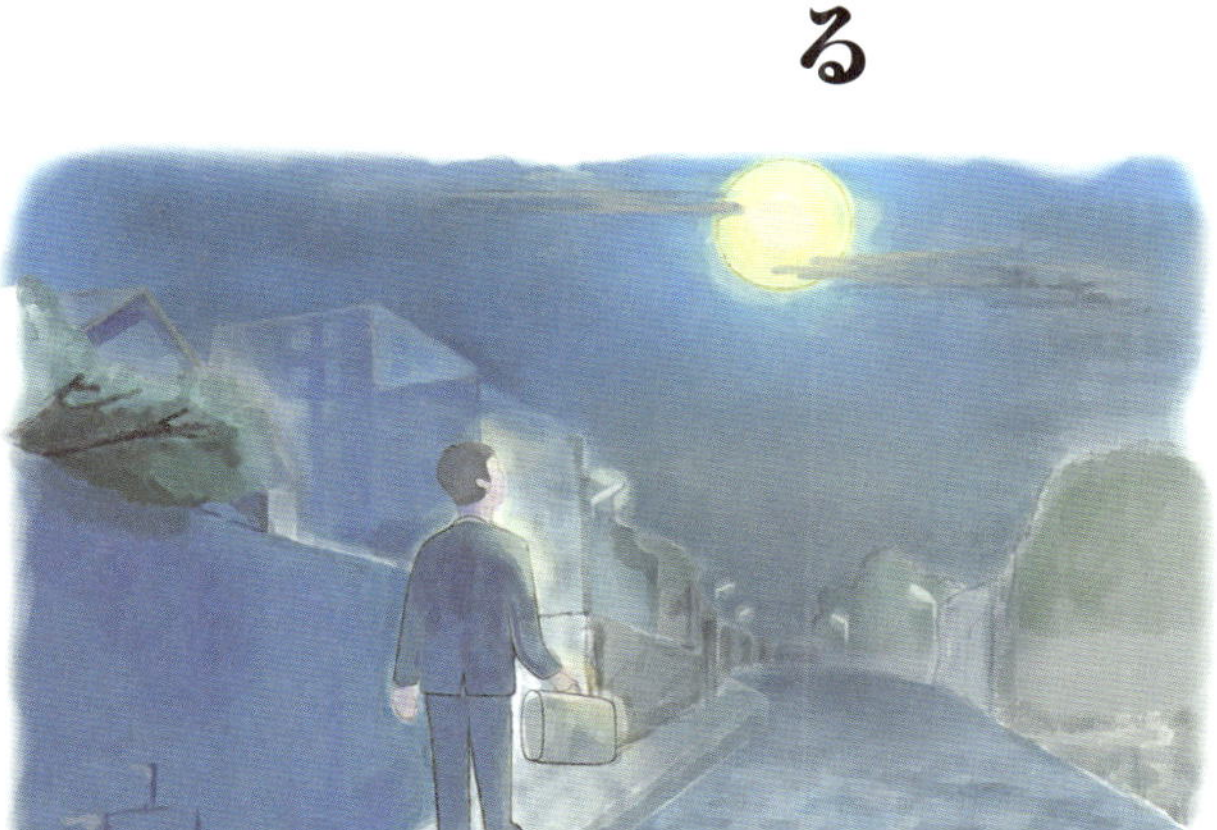

イレギュラーな句の良さを知る【解答と解説】

選者からのひと言 ―問題のねらい―

破調は、必然性がなければ認められない技法です。この問題では、名句を鑑賞することにより、その必然性、意図性を感じてください。どの句も定型をしっかり体に染み込ませた果ての形です。破調とは、基本がしっかりと伴わなければ成立しません。

1 目には青葉山ほととぎす初鰹《はつがつお》（山口《やまぐち》素堂《そどう》）

この句のおもしろいところは、「青葉」「ほととぎす」「初鰹」と季語らしきものが三つも入っている点だ。いったいどれがこの句の季語かというと、「初鰹」だろう。前二つの言葉は、「初鰹」を諷詠《ふうえい》するお膳立てとして使われている。上五が六音となり「青葉」を使うことで、句の出だしからイメージも気持ちも盛り上がる。

2 どうしようもないわたしが歩いてゐる（種田《たねだ》山頭火《さんとうか》）

俳句と捉えられないような句だが、種田山頭火らしい自由律作品。前ページの例句にある尾崎放哉と同じように、自身の身の上を破調にして表現したといえる。「どうしようもない」自分が、自由律で詠むことで一層、卑下している感じが伝わってくる。

3 月が明るくて帰る（荻《おぎ》原《わら》井《せい》泉《せん》水《すい》）

句の内容に捻《ひね》りはなく、むしろ素直に読んでいいだろう。心情的なものはすべて切り捨て、写実を突き詰めていった果ての句と捉えることができる。この句を作るにあたり、作者は五七五の定型で句を作り、そこから言葉をそぎ落としていったのではないかと思われる。確信犯的、実験的な匂いのする句。

4 これはこれはとばかり花の吉野山（安《やす》原《はら》貞《てい》室《しつ》）

作者は江戸時代前期の俳人。風俗としての吉野詣でを、口語体で「これはこれは」と詠んだことで、その様子が浮かんでくる。山を大勢で列をなして登っている感じや、その先に桜も見えてくるよう。「花の吉野山」はすでにひとつの単語として成り立っているほど、言葉の流れがいい。

5 もがり笛風の又三郎やあーい（上《うえ》田《だ》五《ご》千《せん》石《ごく》）

もがり笛は、冬の強い風が柵《さく》などに吹きつけて出る、笛のような音のこと。そのもがり笛と風の又三郎がよく仕立てられており、中七から以下の句またがりも句の流れとしていい味わいをもっている。この句は小説の主人公を登場させた、句と小説のコラボレーション。大変おもしろい作品だ。

【名句から学ぶ】俳句のコツ

名句を鑑賞することは、俳句づくりのヒントになります。
すでに知っている句でも、
改めて鑑賞すると新しい発見があるものです。

五月雨《さみだれ》をあつめて早し最上川《もがみがわ》（松尾芭蕉《まつおばしょう》）

教科書にも載っている芭蕉の代表句のひとつ。五月雨とは梅雨の長雨のことだが、各所で降っている梅雨の雨が集まって、最上川に注いでいる様子がよく感じられる。最上川の急流と濁流《だくりゅう》と水量の多さも伝わってきて、旅路にあった芭蕉ならではの句といえる。

越後屋《えちごや》にきぬさく音や更衣《ころもがえ》（宝井其角《たからいきかく》）

江戸時代の俳人で、十四、五歳のときから芭蕉に師事し、蕉門十哲《しょうもんじってつ》の筆頭俳人。芭蕉の「門人に其角、嵐雪《らんせつ》あり」といわれたほどの人物だ。越後屋とは、今の三越百貨店の前身で、反物の切り売りなどで大繁盛した店のこと。初夏の店から、独特の音を出しながら絹を裂いている音が聞こえてくるよう。季節とあいまって、非常にさわやかで気持ちのいい句となっている。

長々と川一筋や雪の原（野《の》沢《ざわ》凡《ぼん》兆《ちょう》）

野沢凡兆も芭蕉に師事した人物だが、のちに離れていったといわれている。当時はあまりなかった写生句と捉えることができ、絵画的に鑑賞できる作品。景色が明瞭で、真っ白な雪原の中に真っ黒な川が横たわっており、その対比がすばらしい。高浜虚子がこの句を高く評価した。

やせ蛙まけるな一茶これにあり（小《こ》林《ばやし》一《いっ》茶《さ》）

小林一茶は情の俳人で、動物や子どもに非常に優しさを見せる。この句もカエルに情を込めているところが眼目だが、痩せガエルに一茶自身や、病弱な一茶の子どもを重ねているのも鑑賞のポイント。

生きかはり死にかはりして打つ田かな（村《むら》上《かみ》鬼《き》城《じょう》）

何代もの間その土地で田を耕し、収穫して命をつないできた感じが伝わってくる重厚な作品。写生的な面を持ちながらも、人生を詠っている点がすばらしく、根源的な句に仕上がっている。高浜虚子が作者を認めて弟子としていることからも、人生諷詠《ふうえい》の俳人として高く評価されていることがわかる。

滝の上に水現れて落ちにけり（後《ご》藤《とう》夜《や》半《はん》）

細密描写に優れた句。滝というのはただ水が落ちているだけでなく、落ちる前に滝の上に水がパッと現れる。あたかもそれは水が湧いているように見えるが、その一瞬を捉えたところがすばらしい。出だしを故意に六音にしている点も、水が溢れている感じが伝わってくる。写実的で緻密な言葉使いも参考にしたい。

【句会から学ぶ】俳句の極意

句会は普段の力が試せるいい機会です。初めて参加するときは少々怖いかもしれませんが、他人の句を鑑賞し、自分の句を客観的に考えられる場ですから、積極的に参加してみましょう。

本書の特別句会 大まかな流れ

1 投句締め切り時間までに、受付

与えられたお題の句と自由句を持ち寄る。

↓

2 短冊に清記する

配布された短冊に、無記名、楷書で句を清書。投句控え用紙にも自分の句をすべて書き、受付に提出する。

句会とは？

句会とは、俳人もしくは俳句の愛好者が集まって行う品評会のこと。大小さまざま行われており、最近ではインターネット上でも催されている。カルチャースクールでは、句会形式で授業をしているところもある。いずれにしても、お互いの句を客観的にみられる機会なので、積極的に参加したい。

句会に参加するには？

インターネットなどで句会の情報を公開している団体があるほか、雑誌にも掲載されている。選ぶ基準は、指導者や主催者の作品を鑑賞して、自分と合っているかどうかを判断すること。特に初心者は、作風が合っているほうが句会自体も楽しめる。

3 清記用紙に清記する

ランダムに短冊が一人五枚配られる。それを清記用紙に清記する。

4 互選する

清記用紙に書かれた句を互いに選び、特選を設ける場合は、特選句を一句と、ほか入選句を四句、計五句を選ぶ。

5 互選した句を発表

一人ずつ順番に、特選句とその句評を述べる。

6 披講《ひこう》

披講が、参加者全員それぞれに選んだ五句を読み上げる。句が読み上げられたら、作者は名乗る。

7 意見などを交換する

監修者からの句評をはじめ、全員で意見を交換する。

特別句会概要

《ルール》

- お題「風」の句を二句、自由句を三句作句する。
- 一人計五句で行う。
- 特選句を一句、ほか入選句を四句選ぶ。監修者は特選句を五句、そのほかの句を多数選句。特選句のうち一句を大特選とする。
- 披講（披講の意味は次のページで紹介）も特選句を一句、ほか入選句を選ぶ。

※お題は、「台風」「風信子《ヒヤシンス》」「プロヴァンス風」など、必ず「風」の一字を詠み込む。「風」という字を使わず、イメージで詠み込むのはこの場合なし。「風」は季語として使用してもOK。

句会にはいろいろなやり方がある

句会には本式の方法をとる会から、簡易的な方法をとる会など、さまざまにやり方がある。勉強のためにも、ある程度慣れたらさまざまな句会にいってみるといい。

特別句会参加者（計8名）

※披講とは、句会などで、作品を読み上げること。また、その役を担う人のこと。
※参加者の俳句歴は、取材当時のもの。

坊城俊樹…本書監修者。
吉嶋《よしじま》きみゑ…俳句歴約半年のアクティブウーマン。
一倉小鳥《いちくらことり》…俳句を初めて約八カ月の若い女性。
亀谷心《かめがいこころ》…俳句歴一年未満。吟行が最近楽しくなった。
平野緑《ひらのみどり》…教室は4回参加。今回、句会に初めて参加。
平井《ひらい》まどか…友人に誘われて始める。俳句歴二年半。
藪田《やぶた》えりこ…定年後に俳句を始めて、二年半が経過。
岡田順子《おかだじゅんこ》…俳人。ホトトギス同人。今句会の披講《ひこう》。

これが特別句会で投句された全句！

お題「風」

掃納《はきおさめ》をへて門灯風の舞ふ
三階の窓を擦る音落葉風
東西に吹く風のまま木の葉舞う
風のない雲ひとつない冬の空
風吹かば遠き昔を思ひ出し
風鳴いて病む人見舞う帰り道
風優し老犬と行く冬日向
夏潮に錆声《さびごえ》の風豊島《てしま》かな
高層の窓ひゅうと鳴る隙間風
柚子大根和風料理に添へて出す
高楼《こうろう》に風を捉へし鷹一羽
風まかせてふ旅したき年の暮
春風を待ちてくるりと風見鶏
風の子の草原をきて街に雪

自由句

命綱桜冬木を伐り倒す
冬晴の突き抜けたりやビルの街
切株のまんまる包む冬日かな
厚着して流星群に会いに行く
冬の朝対岸の街キラキラと
忘れてた一日遅れの柚子湯かな
延命の可否を問はれて寒椿
さざんかの蕾いっぱい花二輪
陽の射さぬ場所に水仙いきいきと
七・五・三母の悲鳴と滑り台
この栞《しおり》君の肩先紅葉かな

庭の木の色を運ぶは木枯しか
何となくハレルヤ口にする聖夜
積《つみ》落葉踏んで蹴散らすいたづら子
師の愛でる野菊の花の小ささかな
ねんねこや世界のすべて母の背ナ
着ぶくれて受付の顔こはばりぬ
口開けば獣の匂ひ秋の猫
滑り台すべれば冬日遠ざかる
君たちのセーターの柄踊り出す
梅の香を白くはらみて濯《すす》ぎもの

自分も句会に参加しているつもりになって、右記の句全体から、**特選句を一句、ほか入選句を四句選句してみましょう**。句を選んだら、なぜその句に惹かれたのかなど、さまざまな観点から句を味わってみましょう。

みんなはどれを選んだ？

参加者が選んだ特選の句と句評を発表！

句会では互選をしました。参加者はいったいどの句を特選に選んだのでしょうか？　句評とともに紹介します。

えりこ選

延命の可否を問はれて寒椿（亀谷心）

深刻な事態だけれど、こういった内容でも俳句になり得ることに気づかされた作品でした。また、寒椿との取り合わせにも惹かれました。自分ではなかなか作ることのできない内容でしたので、私の特選句として選びました。

まどか選

命綱桜冬木を伐り倒す（吉嶋きみゑ）

桜に命綱をかけて倒れないようにしているのか、あるいは桜がどこか危険なところに植わっていて、それをつなぐために命綱をかけているのか、「命綱」がどこにつながっているのか見えにくい作品ですが、逼迫感《ひっぱく》が伝わってきました。

緑選

高楼《こうろう》に風を捉へし鷹一羽（藪田えりこ）

お題の「風」を感じられるカッコイイ句。句の背景にはどこか外国の雰囲気も漂う感じがしたほか、強い風を受けても堂々としている鷹の姿が思い浮かびました。高さと風を一番感じた句でした。

心選

風まかせてふ旅したき年の暮（藪田えりこ）

今の自分の気持ちを代弁してくれている気がしたので、この句を特選に選びました。句では季語である「年の暮れ」を旅の時期としていますが、私は年の暮れでなくていいので、風にまかせていつでもどこかにいきたいかな、と。

小鳥選

春風を待ちてくるりと風見鶏（坊城俊樹）

春風は、私も待ちわびている風。春を知らせる、待ち遠しい風が吹いてきたなら、風見鶏も待っていましたとばかりにクルクル回ったのだろうと想像ができました。瞬間を捉えたところに、惹かれました。

きみゑ選

ねんねこや世界のすべて母の背ナ（藪田えりこ）

「や」という切れ字を使って切れていて、それ以下で世界の人が共通して感じる母への気持ちや思い出が表現されていると感じた句でした。母親が子どもを育てる責任はもちろん、子ども自身も母親の背中を忘れないといったような、2つの視点も読み取れました。

監修者による大特選の句と特選の句を発表＆添削句も紹介！

今句会では、監修者が特選句を五句、そのうちの一句を大特選の句として選んだほか、特別に添削もしました。句をさまざまな視点から味わってみましょう。

大特選

ねんねこや世界のすべて母の背ナ（藪田えりこ）

内容からみて、「世界のすべて」という表現が大きすぎるのではないかとの意見も聞こえてきそうですが、この句はこのくらい大きく捉えていい句。また普通、大きいのは父の背中だけれど、母の背中としている点も個性的で、「背ナ」と小気味よく切れているのもいいでしょう。

特選

切株のまんまる包む冬日かな（吉嶋きみゑ）

木々の間から、まんまるの冬日が落ちている様子が思い浮かびます。また、冬日が包む切り株もまんまるで、やわらかさも感じました。冬日そのものを諷詠《ふうえい》していて、季語の冬日が揺らがないのもこの句のよさです。

特選

延命の可否を問はれて寒椿（亀谷心）

上の句がシリアスで事柄が強すぎるので、下の季語がとにかく重大。寒椿は句を説明しすぎている感もありますが、寒椿より弱い季語ではこの句はもたなかったでしょう。

特選

何となくハレルヤ口にする聖夜（平井まどか）

肩の力が抜けていて、軽みがある作品。俳句でも笑いが表現できることを証明した、うまい句といえるでしょう。

特選

厚着して流星群に会いに行く（一倉小鳥）

句としては整っていて、「流星群に会いに行く」という表現がフレッシュ。「あひにゆく」と下五を歴史的仮名遣いにすると、さらにやわらかい句になったでしょう。

句を添削！ ここに注意を！

1

原句 **七・五・三母の悲鳴と滑り台（平野緑）**

添削後 **七五三母の悲鳴と滑り台**

キレイな着物を着た子どもが、その姿のままで滑り台を滑ったという内容はおもしろいですが、「・」がNG。七五三に「・」は必要ありません。

2

原句 **風吹かば遠き昔を思ひ出し（亀谷心）**

添削後 **東風吹かば遠き昔を思ひ出し**

原句には実は季語がありません。こういった場合は、季節や句の内容に合わせて風の上に東西南北のいずれかをつけてみましょう。この場合は「東風」とするといいでしょう。

普段はあまり聞けない素朴な疑問

監修者が答える 俳句 Q&A

なかなか聞けない素朴な疑問に監修者が答えてくれました。

俳句手帳の上部には空欄がありますが、なにを書くの？

上部の空欄は日付や、俳句手帳に書き留めた句が句会で入選した場合にチェックを入れます。実務的な事柄を書くのに利用するといいでしょう。下部は俳句や句のアイディアをメモするスペースですが、本当にメモとして使っていると句づくりへの気持ちが乗りません。単なるメモの俳句は、それ以上の作品にならないのです。俳句手帳は、絵のキャンバスと思って使い、罫線を気にせず、推敲を重ねて納得のいく句ができるまで粘って句と向き合ってください。

吟行《ぎんこう》がとても苦手。吟行にはどうしても行かないとダメ？

俳句はもともと吟行（野外で行われる俳句会）で作るものです。吟行が苦手という方がたくさんいらっしゃいますが、吟行こそ俳句の基礎。句づくりの力にもなりますので、ぜひ参加してください。吟行が苦手という方は、吟行中に完璧な句を作らなければいけないと思っているようです。ですが、それはとても難しい話。完璧な句など、よほどのことがない限り作れる方はいません。ほとんどの方が、句を家に持ち帰って磨きをかけます。私の句も95％は吟行で作り、推敲した作品です。

外を歩いて作った句は、最初から頭の中で作った作品よりもダンゼン言葉が生きています。五感で取材して、吟行中に集中してたくさんの句を作ってみましょう。それが、句が上達する秘けつです。

第二章

川柳上達の練習帖

【川柳の基本】 定型にのせて詠む

川柳は五七五で詠まれる定型詩です。川柳を詠むにあたっては、まずは十七音にのせることが大切。よどみなく流れるリズムは、作品の面持ちを高めます。定型のリズムをものにする勉強から始めましょう。

川柳の基本的構造

本降りになって出て行く雨宿り

5 → 最初の五音を「上《かみ》五《ご》」という

7 → 次の七音を「中《なか》七《しち》」という

5 → 最後の五音を「下《しも》五《ご》」という

川柳は、五七五の**十七音で構成されている**。

定型の練習問題

Q 上五と中七、下五をつないでみよう

次の句の、上五とそれ以下を結びなさい。

上五《かみご》

1 団扇《うちわ》では
2 転んだ子
3 初雪を
4 上《じょう》かん屋《や》
5 パッと目を
6 国境を

中七《なかしち》

A 起こされるまで
B ひらくと好きな
C 煩《わずら》う母へ
D 憎らしい程
E 知らぬ草の実
F ヘイヘイヘイと

下五《しもご》

イ 盆で見せ
ロ こぼれ合い
ハ たたかれず
ニ 待っている
ホ さからはず
ヘ 人がいる

上五と中七、下五をつないでみよう【解答と解説】

選者からのひと言 ―問題のねらい―

川柳は、何度もいうように定型詩です。十七音という限られた音数の中に、人を中心とした時代や社会、生活をいかにして詠むかが腕の見せどころ。まずは基本となる定型のリズムを体に染み込ませるために、川柳のリズム感をじっくりと味わってみましょう。

1 と D と ハ

団扇《うちわ》では憎らしい程たたかれず（古川柳）

江戸に詠まれた古川柳のひとつ。団扇で他人をたたくと、ヘナッとなって力が届かないが、その生活のワンシーンや仕草を見事に切りとった作品。シンプルな言葉使いも、リズムがいいところも見習いたい。

2 と A と 二

転んだ子起こされるまで待っている（古川柳）

こちらも古川柳。細かい説明が無粋になるほど、情景がありありと浮かんでくる。現代にも通じる子どもの様子が愛らしいばかりか、川柳らしいくすぐる笑いと、頷《うなず》きを与える句。

初雪を煩《わずら》う母へ盆で見せ（古川柳）

3 と C と イ

伏せっている母親に、子どもが雪うさぎなどを作って見せたという作品。作品の背景に、母親への想いがじんわりと滲《にじ》んでくる。十七音という短い音の中に、季節、子どもの動作、母親への想いがよどみなく詠みこまれているのに注目を。

上《じょう》かん屋《や》ヘイヘイヘイとさからはず（西田《にしだ》當百《とうひゃく》）

4 と F と ホ

上かん屋とは、庶民的な安い居酒屋のこと。すでにいい具合で酔っぱらっているお客に対し、店の主人はこの人はもう飲まないほうがいいと思いつつも、注文が入ると酒を注ぐ。中七の「ヘイヘイヘイ」が句を軽やかにし、人情味が感じられる。

パッと目をひらくと好きな人がいる（森中《もりなか》恵美子《えみこ》）

5 と B と ヘ

男女関係なく、愛する人がいるとこのような気持ちがわき上がる。そのうれしい感情を、目の動作で表現した作品。シンプルな言葉使いだが、一読で合点がいくところがすばらしい。

国境を知らぬ草の実こぼれ合い（井上《いのうえ》信子《のぶこ》）

6 と E と ロ

作者は近代に活躍した川柳作家、井上剣花坊《いのうえけんかぼう》の妻。人間が引いた線はいたるところにあるが、そこに生えている草は線に関係なく実を落とし、新しい命をつないでいる。社会への訴えを感じずにはいられない作品。定型のリズムにピタッと沿い、一気に読めるのもワザあり。

【川柳の基本】詠む内容について

川柳は、ダジャレや語呂合わせで詠む文芸ではありません。
また、自虐的な内容や他人を馬鹿にした内容を詠むものでもありません。川柳は、人間を詠む文芸です。

標語……火の用心、マッチ一本、火事の元
ダジャレ……IT化いいえわが家は愛低下
語呂合わせ…酒飲めず下戸にご飯とバカにされ

これらはすべて
川柳ではありません。

川柳で詠むのはコレ！

「ユーモア川柳」…クスリと笑いを誘う川柳
「叙情的川柳」……感情や気持ちが滲《にじ》む川柳
「時事川柳」………社会の動向を絡めた川柳

川柳の三部門

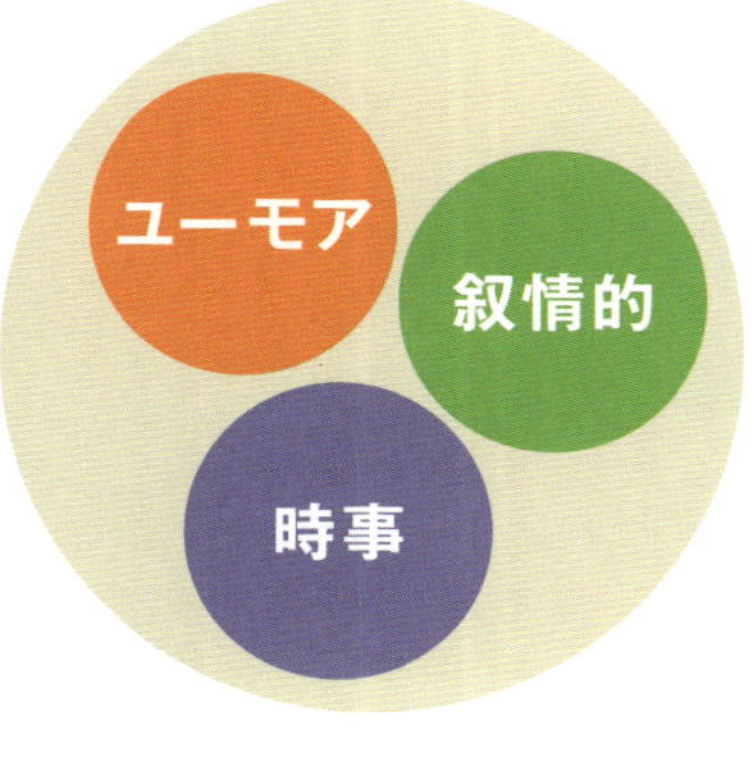

内容の練習問題①

Q どれが本当の川柳？　川柳探し！

次のうち、川柳はどれか答えよ。

1 ターコイズブルーに恋を誘わせる

2 相席で愛接近しチャペルへと

3 小さな親切大きなお世話

4 妻おだてアルコールをまたアンコール

5 盃に散る花びらも酒が好き

6 雪降ると美しくなる過去と過去

7 武士さえも飛んで湯に入る夏の夜

思考のヒント

川柳は標語、
ダジャレ、語呂合わせとは
違います。

どれが本当の川柳？　川柳探し！【解答と解説】

選者からのひと言 ―問題のねらい―

公募で送られてくる句の中には、川柳とはいえない作品がたくさんあります。そういった句は、よほどの技巧性や社会性、人間性がない限り落選の対象です。川柳で詠む内容をしっかりと把握し、句づくりに役立てましょう。

① ターコイズブルーに恋を誘わせる（やすみりえ）

○

口語体で詠まれているため一見、散文のような雰囲気があるが、立派な川柳。実は指で音を数えてみると、定型におさまっているのがわかる。ターコイズブルーに恋のさまざまな面を託した点も、川柳的含みが感じられる。

② 相席で愛接近しチャペルへと

×

「相席」と「愛接近」が単なる言葉遊びにとどまっている。定型にはおさまっているが、句の内容がオープンすぎて、川柳的な含みがまったく感じられない。川柳にするなら、もっと別の言葉で人と人の出会いの妙を詠まなければならない。

3 小さな親切大きなお世話

✕

これはいわば、おもしろフレーズ。定型にも外れている。川柳は、ウケねらいの文芸ではないので、こういった句は避けたい。

4 妻おだてアルコールをまたアンコール

✕

単なるダジャレであり、真ん中が八音になっているのも川柳ではない理由。初心者はこういう作品を作る傾向にあるので注意。

5 盃に散る花びらも酒が好き（大木《おおき》俊秀《しゅんしゅう》）

○

「盃にヒラリと舞い降りてきた花びらよ、君もお酒が好きなんだね」と詠んだ句。「も」という言葉から、自分と花びらがいることが読み取れる。花というと俳句的だが、内容が叙情的で、自分と花びらの関係を詠んでいることから、これは川柳。

6 雪降ると美しくなる過去と過去（斎藤《さいとう》大雄《だいゆう》）

○

「過去と過去」という下五で、人間模様が見えてくるのが川柳たるゆえん。作者は北海道で川柳活動をした柳人《りゅうじん》だが、雪の描写が大変美しく、過去を一層、格高くしている。

7 武士さえも飛んで湯に入る夏の夜

✕

ことわざをもじったもの。差し替えられる言葉を見つけたことがうれしくて、それに酔っているのがまた残念。

Q 虫食い名句で川柳の腕を磨く

次の句の空欄を、三つの選択肢から選んで埋めよ。

江戸川柳

1 □□□□をまねて腹掛けやっとさせ

【選択肢】Ⓐかあさん Ⓑかみなり Ⓒなきごえ

2 いい涼み□の上を歩かせる

【選択肢】Ⓐ瞳 Ⓑ庇《ひさし》 Ⓒ頭

3 月見客□をかみかみさて出来ぬ

【選択肢】Ⓐ筆 Ⓑ豆 Ⓒ雲

4 □□の樽に手のつく年忘れ

【選択肢】Ⓐ隣人 Ⓑ来年 Ⓒ神棚

近代川柳

5 □□の妻に少うし使はれる

【選択肢】A 日曜 B 正月 C 通院

6 なんぼでもあるぞと□の水は落ち

【選択肢】A 橋 B 空 C 滝

7 □□を真ん中にしてみんな行き

【選択肢】A 太陽 B 米粒 C 神様

現代川柳

8 さしすせそ□□□はいつもあとまわし

【選択肢】A しごと B サイフ C そうじ

9 背後から人の声する□□□

【選択肢】A 銀河系 B 保健室 C 夢の中

10 □□□ときどき黒くなり過ぎる

【選択肢】A 焼き魚 B 影法師 C 冬の空

虫食い名句で川柳の腕を磨く【解答と解説】

選者からのひと言 ―問題のねらい―

川柳で詠む内容がわかったら、次はその内容にふさわしい言葉を探り、川柳の腕を磨きましょう。名句を鑑賞し、句の情景や句に込められた人の気持ち、人間模様、社会、生活の様子などを捉えることは、きっと句づくりの糧になります。

江戸川柳

かみなりをまねて腹掛けやっとさせ（古川柳）

1 と B

ふさわしい言葉を導くには、句の全体を捉えることが大切。「腹掛けをやっとさせ」という部分から、子どもと母親の姿が浮かぶが、「かあさん」も、あやすような「なきごえ」も内容的に合わない。ここは「かみなり」とすると、雷さまはへそを取るという古い言い伝えにもつながり、句もつながる。

いい涼み頭の上を歩かせる（古川柳）

2 と C

情景は、船遊びをしながら夕涼みをしているお金持ちを、橋の上から庶民が見ているといった具合だ。「庇《ひさし》」は答えとして迷う言葉だが、それでは人の絡《から》みがなく川柳的内容にはならない。「頭の上を歩かせる」と、そこに人の関係がみえてきて、優越感に浸っている読み手もみえてくる。

月見客筆をかみかみさて出来ぬ（古川柳）

3とA

正解は「筆」。句づくりの感覚がいきいきと描かれている江戸期の代表的な川柳。「豆」は「かみかみ」というオノマトペから導けるが、それでは下五とのつながりがわからない。また、「雲」を当てても意味が通らず。「月見」ともつきすぎる取り合わせになる。

来年の樽に手のつく年忘れ（古川柳）

4とB

「隣人」や「神棚」を選んだ人は想像力が豊かで今後、その力を句づくりにいかしてほしいが、この句の正解は「来年」。現実的でかつ、川柳らしいくすぐる笑いがあり、「年忘れ」と時間的にもつながる。

川柳の三要素

三要素

うがち → 現代的にいうと → 句でハッとさせる「発見」

軽み → 現代的にいうと → 読み手の頷《うなず》きを誘う「頷き」

滑《こっ》稽《けい》 → 現代的にいうと → 心をくすぐる「笑い」

川柳には「うがち・軽み・滑稽」という要素がある。現代的にわかりやすくすると、「発見・頷き・笑い」となるが、句を作るときには、こういった要素も意識したい。

近代川柳

日曜の妻に少うし使はれる（川《かわ》上《かみ》三《さん》太《た》郎《ろう》）

5 と A

戦後、六巨頭と呼ばれる六人の川柳の大家が活躍したが、そのうちのひとりが川上三太郎だ。どれも当てはまりやすい言葉だが、「通院」では「少うし」と感覚的に差がある。「正月」もいい線をいっているが、もっと日常に落とした方が句が生きるだろう。曜日や日にちも句の言葉になるというお手本。

なんぼでもあるぞと滝の水は落ち（前《まえ》田《だ》伍《ご》健《けん》）

6 と C

「橋」は意味が通らない。「空」と選んだ人は、空の水＝雨と詠んだのだろうが、それでは既視感が否めない。手あかのついた表現は、表現者としては避けたいところ。「なんぼでもあるぞ」という部分から、溢れるほどに勢いのある水を想像すると、「滝」がふさわしい。

太陽を真ん中にしてみんな生き（大《おお》嶋《しま》濤《とう》明《めい》）

7 と A

普段の生活のことから、この句のように社会や人生を描く内容まで、川柳が表現できることは幅広い。また、言葉の振り幅も大きく、選択肢はどれも当てはまるように思えるが、正解は「太陽」。人種も男女も年齢も関係なく、だれもがそのように生きていて、世界に通じる大きな句になる。

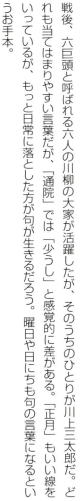

現代川柳

8とC

さしすせそそうじはいつもあとまわし（太田紀伊子《おおたきいこ》）

正解は、「そうじ」。台所をテーマとした、「台所川柳」の作品だ。料理の基本に「さしすせそ」という調味料の順番を表した言葉があり、それを別の家事にあてたところがおもしろい。また、リズムもよく、「さしすせそ」から「そうじ」に続く言葉の流れも楽しい。すべてひらがなで表現しているところにも注目を。

9とA

背後からひとの声する銀河系（大西泰世《おおにしやすよ》）

この句は取り合わせが大きい言葉がふさわしいので、正解は「銀河系」。自分の立っている場所が不安定で、その揺らぎ感が銀河系と合っていると読める。「保健室」や「夢の中」はシュールで、句が訴えたいことと違ってくる。

10とB

影法師ときどき黒くなり過ぎる（奥田《おくだ》みつ子《こ》）

人によって黒のトーンも段階があり、感じ方に違いがある。特に「冬の空」は、さまざまな思いを託せる言葉なので正解かと思ってしまうが、ここは「影法師」がふさわしい。心中を映していて、モヤモヤした気持ちやジェラシーなどが強くなることを託したと読める。自分と影法師がつながっていることも、心を表すのに適した表現だ。

【川柳の基本】言葉のセンスアップ

川柳は、句で使う言葉に大変寛大ですが、慣用的表現や関係が近い言葉は句を安っぽくするので避けたいもの。できるだけ、意味が通じるオリジナリティーのある言葉を使って、句を詠みたいものです。

このような表現は、句を陳腐《ちんぷ》にしてしまう!

✕ **幸せの青い鳥鳴く散歩道**

「青い鳥」にはすでに「幸せ」の意味を含んでいるため、あえて表現しなくてもいい。川柳は十七音が基本なので、省略できる言葉は削ったほうが得策だ。

慣用的表現やつきすぎる言葉も使用を避けたい!

✕ **「バケツをひっくりかえしたような雨」「水のような心」**などの慣用的表現。

✕ **「月」と「雲」、「恋」と「鼓動」**などの関係が近い言葉。

Q 言葉の感覚を磨こう！

次の句の空欄を選択肢から選んで埋めよ。

1 遠い日の恋は□□になりました

2 □□□のひとつが行方不明です

3 厄介な恋は□□□仕上げ

4 もうひとつ□□があれば実る恋

5 わたくしの□□をあなたに差し上げる

【選択肢】
A 地球
B 記念日
C 人魚
D 財布
E えんぴつ
F 未知
G 時間
H 愛
I 林檎
J ごま油
K 心
L 柔軟剤
M お家

言葉の感覚を磨こう！【解答と解説】

選者からのひと言 ―問題のねらい―

オリジナリティーのある言葉を使うようにとアドバイスはしていますが、造語や専門用語など、独りよがりの表現は避けましょう。多くの人に句を読んでもらうには、句を納得させるような伝わる言葉選びが大切です。

遠い日の恋は人魚になりました（やすみりえ）

1 と C

人魚姫の物語は、恋を題材としたおとぎ話。私の恋はそんな遠い国の物語のようになってしまったということを、すべて「人魚」に託した。普通の文章なら「過去」と当てるところだが、それをどういう言葉に転換していくかが、川柳のおもしろいところ。

記念日のひとつが行方不明です（〃）

2 と B

記念日は誰でも持っているもの。この句は、「記念日のひとつがここにある」を逆の発想で捉えた句。また、記念日は本来、動かないものなので、それが動いてなくなったという捉え方も逆転の発想によるものだ。言葉がもつ意味だけでなく、そのイメージも考えると表現としておもしろみが増す。

厄介な恋は柔軟剤仕上げ（〃）

3とL

「厄介な恋」は、混乱や硬さや、ささくれが感じられるもの。「柔軟剤」が衣類を柔らかくするように、手のかかる恋をふんわり仕上げられたらいいのに、という思いが句に詠みこまれている。厄介な恋と柔軟剤の取り合わせが、遠い存在なのにうまく絡んでいるのがポイント。

川柳の季語の捉え方

川柳には、特に季語は必要ない。とはいえ、季語を使ってはいけないというのでもなく、使うか使わないかは句の内容や流れによる。また、季語を入れたとしても俳句のように、句全体を支配するものではなく、小道具的な役割となる。たとえば「紫陽花《あじさい》」という季語（例句を参考に）でみてみよう。これは夏の季語だが、「紫陽花」を使うことで暑さやジメついた季節のイライラした感じも句から漂ってくる。これが、季語の恩恵なのだ。

例句

ちょっとしたことで白《しろ》紫陽花《あじさい》のばか（やすみりえ）

もうひとつ地球があれば実る恋（青木美代子）

4とA

「もうひとつ」と願うものは、どこか他の場所や星ではダメ。地球がもうひとつでないと、この句の意図するところが表現できない。秘めた思いと宇宙のスケールが響き、この句ならではの味わいになっている。

わたくしの未知をあなたに差し上げる（小野《おの》弘楽《こうらく》）

5とF

「未知」のかわりに、例えば「心」「愛」を入れた場合、句が弱くなるのがわかるだろうか？ この句は「未知」という言葉を使ったことで、恋の駆け引きや、相手を試すような雰囲気も出すことができている。

川柳の言葉使い

川柳は、現代仮名遣い×口語で表現するのが一般的だが、そのなかにも、ひらがな（女性的、やわらかい）、漢字（男性的、硬い）、カタカナ（軽い、流行）、アルファベット（異国感）など、表記の方法がいくつかある。それぞれの文字には本来もっているイメージがあるので、視覚的な印象も考えて表記も選択したい。

Q つなげる音にも注目する

次の句の助詞を変えたときの、句の印象や意味の違いを答えよ。

1
この恋に尻尾が生えていたなんて
この恋も尻尾が生えていたなんて

2
着陸も離陸も君を想う時
着陸と離陸は君を想う時

3
わたくしの水はゆっくり遡る
わたくしの水がゆっくり遡る

4
一点が滲《にじ》んで恋になりそうで
一点の滲んで恋になりそうで

5
新しい私になれるまで眠る
新しい私になれるので眠る

つなげる音にも注目する【解答と解説】

選者からのひと言 ―問題のねらい―

言葉をつなげる助詞は、句づくりを始めた早い段階からこだわるべき箇所です。プロはたった一音を決めるのに、何日もかけることがあります。句全体のリズムにも大きく関わり、調べにも影響しますから、最後まで諦めずに句と向き合いましょう。

1

原句 この恋に尻尾が生えていたなんて（やすみりえ）

この恋も尻尾が生えていたなんて

「で、ば、が、に」は、句の調べを滞らせたり、句を説明的にしたりするため、普段は使用を避けたい助詞だが、原句ではあえて「に」を使っている。この句が表現したいことは、現在進行形の恋に別の表情があったこと。「も」にすると、過去の恋と同等になり、驚きが伝わらない。

2

原句 着陸も離陸も君を想う時（　〃　）

着陸と離陸は君を想う時

この句の主題は、向かうときも旅立つときも、一番に想いを寄せていること。その想いを託すには、原句のように「も」の繰り返しがふさわしい。とはいえ、繰り返しの言葉を使うときは、「も」を使うことでまとまりすぎではないか？など、自問する必要がある。ちなみに、「着陸と離陸は」にすると、気持ちが一点に集中しない。

3

原句

わたくしの水はゆっくり遡る（　〃　）

わたくしの水がゆっくり遡る

「が」は、句に余韻や余白が出るものの、音の調べの美しさを考えると選択するべきではない音。一方、原句の「は」は、客観的な姿勢が出て、わたしと水にほどよい距離感が流れる。一音は、句の雰囲気や作者の意図するところを表せる言葉を選択したい。

4

原句

一点が滲《にじ》んで恋になりそうで（　〃　）

一点の滲んで恋になりそうで

①番の問題で、「で、ば、が、に」のスタンスを述べたが、この句はあえて「が」を使い、「点」「が」「滲」「で」から滲み出る視覚的な効果を踏まえた。また、「一点が」という表現すると、恋の始まりのザワザワした雰囲気が伝わってくるが、「一点の」ではその気持ちの動きまで伝わってこず、句のまとまりはあるものの、もの足りなさや声に出して読んだときに雰囲気が流れてしまう。

5

原句

新しい私になれるまで眠る（　〃　）

新しい私になれるので眠る

原句は、時間の流れを人によってさまざま受け取ることができるので、読者に想像する楽しさを与えられる句に仕上がっている。一方「私になれるので」とすると、事実を伝えているだけになり、想像する幅がかなり狭くなる。

【川柳の技法】下五のおさめ方

句は、下五のまとめ方で大きく印象が変わります。言葉を見つけることができずに安易な表現に逃げると、たちまち句が安っぽいものになってしまいます。

こんな下五のまとめ方

幸せな恋は毛玉になるんです（やすみりえ）

無味無臭嫌いになっただけのこと（〃）

下五はシメの部分。ここをどうおさめるかで、句全体の締まり方が違ってくる。一句目の例句は話言葉でおさめているが、例えば体言止めにしたり、命令形や進行形、推量形でまとめてもいいだろう。また二句目のように、上五が四文字熟語で重さがある場合は、それ以下をあえてシンプルにまとめるのもテクニックだ。

ちょっと避けたいまとめ方

▲**悪たれとにらみ合うため背伸びをし**→**「し止め」**

▲**着信を爪の先まで待ちにけり**→**「音数合わせの言葉」**

「し止め」とは、前句付けと呼ばれたころの江戸川柳に見られた手法。使ってはいけないというわけではないが、古いテイストなので、多用は控えたほうが無難。また、音数合わせの言葉も避けたい。

下五の練習問題

Q 下五をあきらめない！

次の句の空欄を、三つの選択肢から選んで埋めよ。

1 **改造へもしやもしやの□□□□□**

【選択肢】A 朝が来る　B 大騒ぎ　C モーニング

2 **陰干しにするから恋が□□□□**

【選択肢】A 乾かない　B 未乾燥　C ウエッティ

3 **私からポロリと剥《は》がれ□□□□**

【選択肢】A 恋落下　B 落ちた恋　C 恋落ちる

4 **笑ったり　遥かな蒼《あお》を□□□□□**

【選択肢】A 見つめよう　B 見つめてる　C 見つめたり

下五をあきらめない！【解答と解説】

選者からのひと言 ―問題のねらい―

下五のおさめ方は、その句によってさまざまありますが、とにかく最後まで諦めずに言葉を探すことが大切です。ここの締まりが悪いと、せっかく詠んだ句全体がぬるくなってしまいます。句が安易にならないように、粘って言葉を探しましょう。

改造へもしやもしやのモーニング（仲川たけし）

1 と C

作者は、議員の経験を持ち、全日本川柳協会初代会長も務めた人物。「改造」とは、内閣改造のことを実は指すのだが、「朝が来る」「大騒ぎ」では、具体性に欠けるため句の内容が伝わらない。ここは「モーニング」にしかならず、この言葉で締めることで緊張感まで伝わってくる。

陰干しにするから恋が乾かない（やすみりえ）

2 と A

まず「未乾燥」という言葉が耳になじまない。川柳は調べも大切なので、声に出して読んだときの音にも気を配りたい。加えて「ウエッティ」というのも、この句の雰囲気に合わない。正解は、「乾かない」。読者に一読で作者の意図するところが伝わり、納得のいく句になっている。

私からポロリと剥《は》がれ落ちた恋（　〃　）

3とB

下五をまとめたい気持ちが先走りすぎると、ついついインパクトのある言葉を使いがちに。「恋落下」はそういった気持ちが表れた言葉だ。一方、「恋落ちる」は一見つきそうだが、声に出して読んだときによどみが生じる。正解は「落ちた恋」。

笑ったり遥かな蒼《あお》を見つめたり（　〃　）

4とC

正解は「見つめたり」だが、「たり」とくると音数合わせの言葉を連想するだろう。しかし、ここの「たり」は上五の「笑ったり」に続くもので、同類の動作・状態を示す語法だ。そのため、「見つめよう」、「見つめてる」ではない。また、この句の「〜たり」は余韻を作る効果もある。

【川柳の技法】アレンジのワザ

長く川柳を詠んでいくと、定型におさまらなかったり、句の調べがどうしても外れてしまったり、方言を用いてみたり、特殊な形や方法を使う句が出てきます。それは句に必然性があれば取り入れてOKのアレンジワザです。

字余りの例句

親離れ子離れタンポポ吹いてみる（西《にし》來《らい》みわ）

句またがりの例句

二礼二拍手一礼小銭ありません（今《いま》川《がわ》乱《らん》魚《ぎょ》）

方言を取り入れた例句

まっすぐはあかんやっぱりおもろない（徳《とく》永《なが》政《せい》二《じ》）

字余りは、五七五の十七音より数音多い調べのこと。感動や驚き、不安を呼び起こす効果がある。また句またがりは、通常とは違った配分をする句の調べのことで、作品によっては字余りかつ句またがりというものもある。さらに、アレンジワザとしては方言を取り入れた句や言葉を繰り返すリフレイン、一字空けという方法もある。

Q 句を工夫してみよう！

アレンジの練習問題

次のアレンジがきいている句の空欄を、三つの選択肢から選んで埋めよ。

1 □□□の店を□□□見て通り

【選択肢】Ⓐ早起き Ⓑ子ども Ⓒ大行列

※同じ言葉が入る

2 □□□□□あなたの嘘に傘をさす

【選択肢】Ⓐザーザー Ⓑさようなら Ⓒラララララ

3 孤独だね□□□□□□□□□さえも

【選択肢】Ⓐミックスベジタブル Ⓑごはんを食べた後 Ⓒ君の着信音

4 おしゃべりがしたい□□□□□□□□

【選択肢】Ⓐ湖色の夜 Ⓑみずうみいろの夜 Ⓒあの日の友達と

5 □□□□□□□誰かのために笑いたい

【選択肢】Ⓐ立ち上がる Ⓑ振り返ったら Ⓒ立ち上がったら

句を工夫してみよう！【解答と解説】

選者からのひと言 ―問題のねらい―

アレンジの技は字余りや句またがりのほかに、方言やリフレイン、一字空けなど、さまざまありまます。どれを句に用いても構いませんが、アレンジ技を使うには技量と必然性が必要です。そのことを問題を解いてしっかりと認識しましょう。

早起きの店を早起き見て通り（前《ま》田《だ》雀《じゃく》郎《ろう》）

1 と A

作者は六巨頭のひとり。日常の光景、特に早朝という時間帯に目をつけ、「早起き」という言葉を繰り返し（リフレイン）入れることで、情景を鮮やかに浮かび上がらせている。リズム感も楽しい作品。ほかふたつの選択肢は、音数が足りなかったり、字余りになったりする。

ラララララあなたの嘘に傘をさす（やすみりえ）

2 と C

正解は「ラララララ」。「ザーザー」では傘との関係が近すぎるのと、字足らずになってしまう。「さようなら」は音数はぴったりだが、句に捻《ひね》りがなくなり、答えを出してしまっているので句として味わいがない。歌のような、感情を音に乗せたオノマトペのCが正解。

孤独だねミックスベジタブルさえも（　〃　）

③とA

句またがりをして、長い言葉を効果的に使った作品。ミックスベジタブルの色とりどりの様子が、孤独を引き立たせている。ほかの選択肢は、音数は合っているものの、孤独感が原句よりも伝わってこない。ここは、色が頭の中に浮かんだほうが、さびしい様子が浮き上がってくる。

おしゃべりがしたい　みずうみいろの夜（　〃　）

④とB

一字空けを用いている句。一字空けは、俳句の「切れ」と同じ効果があり、場面転換や気持ちの切り替え、作者の視点の変化など間を作り出すことができる。この句は、出だしを八音にして切ったあとに調べも外した作品。ひらがなを多く用いているのも特徴。

立ち上がったら誰かのために笑いたい（　〃　）

⑤とC

正解は、「立ち上がったら」。出だしを七音にすることで、言葉に勢いを添わせた。これが「立ち上がる」では、句の表情が変わって、前向きさが小さくなる。「振り返ったら」でも句は成り立つが、読者に気づきを与えられないばかりか、作り手の意思が弱くなる。

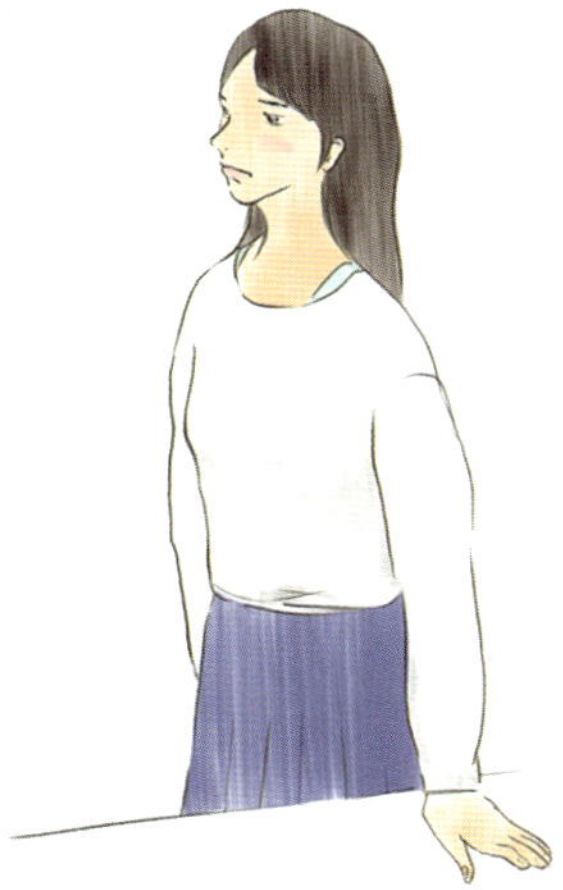

【名句から学ぶ】川柳のコツ

六巨頭と呼ばれる、川柳の大家の作品から、言葉使いや味わいなど、さまざまなコツを鑑賞しながらコツを学びましょう。

雨ぞ降る渋谷新宿孤独あり（川上三太郎《かわかみさんたろう》）

現在にも通じる、社会の一面が描かれている作品。「渋谷新宿」と地名を続けている点も気づきを与えてくれて、固有名詞も句の言葉になるというお手本でもある。中七が地名のほかは、全体的にシンプルな言葉使いなのに伝わってくるものが大きい。

音もなく花火のあがる他所《よそ》の町（前田雀郎《まえだじゃくろう》）

作者が花火から遠く離れたところにいるのがおもしろい。立ち位置により五感で感じることが違ってくるが、句に体感が反映されている点も参考にしたいだろう。夏の風物詩である花火を背景とした作品で、楽しい夏の風景かと思いきや、句全体がどこかさびしい面持ちがある味わいもいい。

三尺の机広《こう》大《だい》無《む》辺《へん》なり（村《むら》田《た》周《しゅう》魚《ぎょ》）

哲学的な作品で、男性的な読み口も特徴。三尺という小さなスペースから、さまざまなものが生まれていくという意味だろう。「広大無辺」とは四文字熟語で、果てしなく広く大きいさまを表している。上五以下を句またがりにすることで、効果的にこの言葉を使っている。

ぬぎすててうちが一番よいという（岸《きし》本《もと》水《すい》府《ふ》）

その情景や気持ちがよく伝わってくる、ホッとするような作品。奇をてらわない言葉使いも、この句を親しみやすいものにしている。「ぬぎすてて」の背後に、窮屈な靴や洋服などが隠されていて、読み手の想像をかき立ててくれているのも楽しい。

電熱器にこっと笑ふやうにつき（椙《すぎ》元《もと》紋《もん》太《た》）

「にこっと笑ふ」という部分から、ひんやりと冷えた部屋が次第に暖かくなる感じが伝わってくる。定型に整えられて調べもよどみなく、なおかつ一読しただけでその情景や温度感まで伝わってくるのはさすが。なんてことのない生活の一端を、句材として切りとったところも見習いたい。

寝転べば畳一帖ふさぐのみ（麻《あ》生《そう》路《じ》郎《ろう》）

こちらも哲学的な味わいのある作品。「畳一帖をふさぐ」程度しかないという身体的なサイズ感を表現した裏には、自分の存在感を自問自答している様子が伝わってくる。「人間を詠む」という、川柳の基本に即した川柳らしい作品。

【句会から学ぶ】川柳の極意

句会は他人の句を鑑賞できるいい機会です。互いの作品を選句をすることもあるので、客観的に句と向き合える点も勉強になります。チャンスがあれば、怖がらずに参加してみましょう。

本書の特別句会 大まかな流れ

❶投句締め切り時間までに、受付

与えられたお題と自由句を持ち寄り、受付に提出する。

❷受付で清記

全員の句をシャッフルして、受付で清記。プリントをして参加者ひとりひとりに配られる。

句会とは？

句会とは、柳人もしくは川柳の愛好者が集まって行う句を発表し腕を磨く場のこと。大小さまざま行われており、最近ではインターネット上でも催されている。カルチャースクールでは、句会形式で授業をしているところもある。いずれにしても、お互いの句を客観的にみられる機会なので、積極的に参加したい。

句会に参加するには？

インターネットなどで、句会の情報を公開している団体があるほか、雑誌（柳誌）にも掲載されている。選ぶ基準は、指導者や主催者の作品を鑑賞して、自分の好みと合っているかどうかを判断すること。特

3 互選する

清記用紙に書かれた句を互いに選び、天（一位）、地（二位）、人（三位）、客（入選）をつける。

4 互選した句を発表

一人ずつ順番に、選んだ句とその句評を述べる。自分の句が読み上げられたら、作者は名乗る。

5 すべての句の作者をあけ、意見などを交換する

互選で選ばれなかった句も最後にすべて紹介し、講評や意見を交換する。

に初心者は、作風が合っているほうが句会自体も楽しめる。

特別句会概要

《ルール》

- お題「風」の句を三句、自由句を二句作句する。一人計五句で行う。
- 天、地、人は各一句選び、客は三句選ぶ。点数は各一点。

※「台風」「風信子《ヒヤシンス》」「プロヴァンス風」など、必ず「風」の一字を詠み込む。「風」という字を使わず、イメージで詠み込むのはこの場合なし。

句会にはいろいろなやり方がある

句会には本式の方法をとる会から、簡易的な方法をとる会、点数をつける会、つけない会など、さまざまにやり方がある。勉強のためにも、ある程度慣れたら、いろいろな句会にいってみるといい。

特別句会参加者（計7名）

やすみりえ…本書監修者。
満《みつ》うさぎ…年齢が一番若い、川柳好き。
薫《かおる》…短歌にも精通している女性柳人。
亀一《かめいち》…俳句もたしなむ、ナイスミドル。
島兎《しまうさぎ》…蕎麦研究家でもあるこだわり人。
りりく…旅行誌を手がける編集＆ライター。
迷路《めいろ》…川柳ド初心者。句会に初めて参加。

これが特別句会で投句された全句！

お題「風」

近頃はすき間風吹く夫婦かな
恋描くとき風音がやわらかい
新しき風に吹かれて旅だちを
波風はやがて夫婦の仲をもち
風の形であなたへと揺れてます
けがさせて　風ですら切る流し目で
春一番恋心空に舞い上がる
風通し良くして恋のパズル解く
空耳がビル風の中君の声
きみ想い春色スカート風を待つ
ひとおもいに君になりたい風ひとつ
春風にめくられて花になる気持ち
初春の風なき嶺《みね》となりにけり
この町に生まれし風と恋ごころ

春風にめくられて花になるわたし

風立ちぬ飛行機雲のシルエット

一歳の大尽風に目を細め

ため息を集めてきみの頬なでる

宅急便やさいとともに故郷《くに》の風

強運の風のいきおい1年中

自由詠

追い風がポンとひと押し迷い道

行き違う電話ほどよく馬が合う

あの陽だまりは山茶花《さざんか》の曲がり角

君に逢うための呪文はひとつだけ

わたくしは青い卵を抱いている

メール待つ間に山盛りポトフ煮え

寄り添いし影はきらきら長くなり

記念日のケーキも苦い七年目

かけひきをしない流儀のゆでたまご

満月の夜に孵化《ふか》する女かな

絡ませた白い小指がついた嘘

茶柱がサヨナラ決めた朝に立つ

夢かない実った後に迷い道

フェンスより流れる異国FEN

右記の句全体から、**天（一位）、地（二位）、人（三位）を各一句、客（入選）を三句、選句してみましょう。**

句を選んだら、なぜその句に惹かれたのかなど、さまざまな観点から句を味わってみましょう。

互選結果発表！

参加者による講評も紹介！

実際の句会で選ばれた天地人、6位までの句を紹介します。
あなたはどのような句を選んだでしょうか？

天

かけひきをしない流儀のゆでたまご（やすみりえ）

ゆでたまごという表現が、自分ではなかなか出てこない言葉なので天に選びました（りりく）。おもしろい世界の句だなと感じました。女性も歳を経ると自分の中に眠っている卵をどうしようと考えるのですが、それをかけひきをしないで、気楽な感じで向き合おうとしているところに惹かれました（薫）。

地

わたくしは青い卵を抱いている（薫）

最後の最後にとった句です。味わう度に違った印象を受けて、引力のある句だと感じました。ずっと反すうしていたいような作品です（満うさぎ）。「青い卵」をどう読むかが楽しく、非常に興味深い川柳です。内面的なことも見せてくれていて、句とその背景に作者との心の触れ合いが感じられました（やすみりえ）。

人

茶柱がサヨナラ決めた朝に立つ（満うさぎ）

うれしかったのか、悲しかったのかわからない句だけれど、整理がつかない気持ちが読み取れて、心の不安も感じられました。茶柱と乙女の気持ちの取り合わせもおもしろい（島兎）。

4位

この町に生まれし風と恋ごころ（亀一）

「街」でなく「町」を使ったところに作者の言葉への意識を感じました。この字を使うことで、町の風景や人との距離感も感じられ、「恋ごころ」と響き合っているのも素敵です（やすみりえ）。

5位

満月の夜に孵化《ふか》する女かな（薫）

怪しさ満点だけれど、気になった作品。この句は女性だからこそ「孵化」と響き合っていると思います。男性では成立しない句でしょう（迷路）。

6位

きみ想い春色スカート風を待つ（満うさぎ）

風の捉え方はいろいろとありますが、女性らしさを感じた風でした。こういう気持ちで春を待ちたいなと思えるような、フレッシュな感じも楽しんだ句です（りりく）。

さらに句の完成度を高める！

推敲&添削で句を極めよう

句会で選ばれた作品でも、そうでなかった作品でも、今一度、句を見直してみましょう。句の完成度を高めるには、推敲を諦めないことが肝心です。監修者が添削してみました。

1

原句

きみ想い春色スカート風を待つ（満うさぎ）

添削後

きみ想い春色のすそ風を待つ

実はこの作品、互選で評価の高かった句。ですが、中が八音になっているのが、もう一歩の作品でもあります。「スカート」は「すそ」でもイメージがつくので、ここは定型に言葉を整えるとすっきりとした句になります。

2

原句

近頃はすき間風吹く夫婦かな（島兎）

添削後

近頃は隙間風吹く言葉たち

原句は、下五がとても惜しい句。「すき間風」と「夫婦」がつきすぎていて、句をありきたりにしています。これをオリジナリティーのある句にするには、すき間風を具体的にするとよいでしょう。例えば「言葉」など。「近頃は隙間風吹く小指かな」としても、余韻が出てなにか匂わせる句ができます。

3

原句 **宅急便やさいとともに故郷《くに》の風**（りりく）

添削後 **宅急便やさいとともに故郷の風**

故郷（くに）のルビを外すと句のグレードがアップします。この句の場合、読み手は「故郷」を「くに」と踏んでくれるので、ルビは必要ありません。公募川柳でもルビつきの句がありますが、独特な読み仮名でないかぎり認めておらず、落とす対象に。読み手を信じることも大切です！

4

原句 **初春の風なき嶺《みね》となりにけり**（亀一）

添削後 **わたくしも風なき嶺となってみる**

景色が美しい作品ですが、俳句的香りが高い句です。お題でもある「風なき嶺」を使って川柳作品にするとしたら、添削のように自分を詠み込むといいでしょう。川柳は人間が立ってくるといい作品になります。

5

原句 **春一番恋心空に舞い上がる**（満うさぎ）

添削後 **春一番恋は空へと舞い上がる**

原句は、作者本人が「サクッと作れたけれど、まとまっていて逆に嫌な感じがする」と語ったように、実は中が八音になっています。出だしの「春一番」が六音なので、中は特に定型に整えたい部分です。ちなみに上の六音は、勢いがあるのでこのまま採用。サラリと作れた句は、推敲に時間がかけられるので、句の音数を見直す意味でも磨いていくといいでしょう。

普段はあまり聞けない素朴な疑問

監修者が答える 川柳 Q&A

なかなか聞けない素朴な疑問に監修者が答えてくれました。

もし、投句数が三句だったら、どういう出し方をする?

同じトーンの句を三句出す人もいれば、全部違う雰囲気の句を出す人までそれぞれ。句と自分が向き合えているものを出すといいでしょう。

句会では、自分の句が選ばれれば誰でもうれしいものですが、ここで気をつけたいのが、選ばれたいがために、自分のセンスを封印して、句会のカラーに合わせた句を作ること。六巨頭の川《かわ》上《かみ》三《さん》太郎《たろう》が残した言葉に、「句会屋になるな」という言葉があります。句会屋になってしまうと、句会では点数が入るものの、本当の自分の句が詠めなくなります。川柳は文芸であり、私たちは表現者です。自分の句を追究しないと川柳を詠んでいる意味がなくなります。だからこそ、自分の気持ちが乗った句を投句するようにしましょう。

お題があったとき、句を作るのにまず何をする?

今回のお題は「風」でした。私は、まず最初に目を閉じて、これまでの人生の中でどんな風があったかと探ります。イメージが浮かんだら、そのときの風を表現できる言葉を見つける作業をします。電子辞書などは、そこで初めて使います。

言葉を調べるときは何を使えば一番いいですか?

句会では持ち運びが便利な電子辞書がベター。わからない字が出てきたら、すぐに調べられるのも◎です。また、最近ではｉＰａｄやスマートフォンを使う人もいます。とはいえ、紙の辞書も捨てたものではありません。紙の辞書は周辺の言葉も見えてきて、意外なところで発見があります。メインのツールのほかに、いろいろな素材から言葉を見つけるといいでしょう。

第三章

短歌上達の練習帖

【短歌の基本】リズムをものにする

短歌は三十一音の定型詩です。まずは、短歌のリズムを体に染み込ませる問題から始めましょう。

短歌の基本的構造

さっきまでいた人の香のうすやみにほのかになじむハルセミの森（東《ひがし》直《なお》子《こ》）

上《かみ》の句《く》
- さっきまで — 5 → 「初《しょ》句《く》」という
- いた人の香の — 7 → 「二句目」という
- うすやみに — 5 → 「三句目」という

下《しも》の句《く》
- ほのかになじむ — 7 → 「四句目」という
- ハルセミの森 — 7 → 「結《けっ》句《く》」という

短歌は、五七五七七の**三十一音で構成されている**。

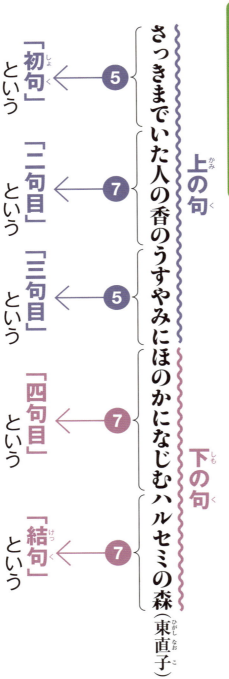

リズムの練習問題

Q 上の句と下の句をつないでみよう

次の歌の、上の句と下の句を結びなさい。

上《かみ》の句《く》

1 月射せばすすきみみづく薄光り

2 ヒヤシンス薄紫に咲きにけり

3 たくさんの空の遠さにかこまれし

4 あめんぼの足つんつんと蹴る光

5 通勤の電車はひかりに護《まも》られて

6 手のひらに豆腐をのせていそいそと

下《しも》の句《く》

A ふるさと捨てたかちちはは捨てたか

B はじめて心顫《ふる》ひそめし日

C いつもの角を曲りて帰る

D 廃墟のごとき鉄橋を過《す》ぐ

E ほほゑみのみとなりゆく世界

F 人さし指の秋の灯台

上の句と下の句をつないでみよう【解答と解説】

選者からのひと言 ―問題のねらい―

どれも五七五七七の定型におさまっている歌です。まずは、上の句と下の句をつなげることで定型のリズムを体に染み込ませましょう。リズムのほかに注意する点は、上の句の場面設定に響き合う言葉や内容を探し出すこと。意味をよく考えて捉えることができれば、下の句が浮かび上がってきます。

1 と E

月射せばすすきみみづく薄光りほほゑみのみとなりゆく世界（小中英之《こなかひでゆき》）

「すすきみみづく」は、郷土玩具ですすきの穂を束ねて作った人形のこと。月の淡い光によって、穏やかな気持ちになっていった心の様子を歌った優しい作品。漢字とひらがなの割合も◎。

2 と B

ヒヤシンス薄紫に咲きにけりはじめて心顫《ふる》ひそめし日（北原白秋《きたはらはくしゅう》）

青春の心情を、今、咲き始めたヒヤシンスの花に重ねている歌。サ行の音が印象的で、ヒヤシンスの色との調和も初々しさを強調している。北原白秋は童謡も書いているだけあって、韻律がやわらかく、心地よい。

たくさんの空の遠さにかこまれし人さし指の秋の灯台（杉崎恒夫《すぎさきつねお》）

3 と F

秋の澄んだ空を「たくさんの空の遠さ」と表現している点がすばらしい。また、高い空に向かってぽつんと立っている灯台を人さし指にたとえたところも、独自性がある。

あめんぼの足つんつんと蹴る光ふるさと捨てたかちちはは捨てたか（川野里子《かわのさとこ》）

4 と A

上の句で場面の設定があり、下の句では心理的な飛躍がある。「つんつんと蹴る」という表現が、「ちちはは捨てたか」に響き、負い目を感じている作者の気持ちを体感的に表現している。あめんぼも郷愁を誘う素材で、ふるさとへの想いの鍵となる。

通勤の電車はひかりに護《まも》られて廃墟のごとき鉄橋を過《す》ぐ（山崎聡子《やまざきさとこ》）

5 と D

ビジュアル的に説得力のある比喩《ひゆ》の歌。気持ちの良い朝の通勤風景と思いきや、このままレールに乗せられていいのか?という自問の声が聞こえてくる。喜怒哀楽を直接示す表現はないが、「廃墟」という言葉があることで心情が伝わる。

手のひらに豆腐をのせていそいそといつもの角を曲りて帰る（山崎方代《やまざきほうだい》）

6 と C

日常の喜びをてらいなく表現している。「いそいそ」という副詞で喜怒哀楽を表し、歌に愛らしさも与えている。なんてことのない日常を詠んでいるため「ただごと歌」に近い。

【短歌の基本】内容と形を考える

短歌は、主観や個人の心情を歌に詠み込むことで成立する短詩です。ここからは短歌的な視点や内容、題材について考えてみましょう。

雛のある部屋に足し算教えつつ雪降るように切なさが降る（東直子）

上《かみ》の句《く》 ← 場面設定

下《しも》の句《く》 ← 作者の気持ちを表現

歌は、全体で個人の感覚や感情を表現するが、**上の句で場面設定（状況設定）**をし、**下の句で個人の思いをのせる**ことが多い。独自の世界が下の句で広がるため、のびやかな印象となる。

内容と形の練習問題

Q どれが短歌？ 短歌を見破れ！

次の文章のうち、短歌はどれか答えなさい。

1 祖母の一周忌。スズメ、強風のため今朝は庭に姿を見せず。

2 さかみちを全速力でかけおりてうちについたら幕府をひらく

3 演習の同じ班の人が全員インフルエンザでやられてた。

4 くだらないことであんまり笑うから服の小花の柄ぶれている

5 次々に走り過ぎ行く自動車の運転する人みな前を向く

6 冬の夜の星君なりき一つをば云ふにはあらずことごとく皆

どれが短歌？ 短歌を見破れ！【解答と解説】

選者からのひと言 ―問題のねらい―

この問題は、短歌を詠むときの視点や内容、書き方など、短歌的アプローチを身につけてほしくて出題しました。三十一音であっても書き方が短歌ではなかったり、内容が単純だけれど短歌だったりと、短歌かそうでないかを見分けるのは難しいかもしれません。ですが、問題を解くことで鑑賞能力も、作歌する力も鍛えられます。

1 祖母の一周忌。スズメ、強風のため今朝は庭に姿を見せず。（望《もち》月《づき》裕《ゆう》二《じ》郎《ろう》）

×

内容的に短歌風だが、言葉の組み合わせの必然性への意識が感じられない。五七五七七のリズムも刻んでいないので、短歌ではない。また、短歌では「。」や「、」を基本的に使わない。

2 さかみちを全速力でかけおりてうちについたら幕府をひらく （〃）

○

①と同じ作者の作品。この歌のよさは、結句の「幕府をひらく」という部分。「扉をひらく」では独自の世界が広がらないが、「幕府をひらく」としたことで、飛躍した短歌的世界が広がっている。

3　演習の同じ班の人が全員インフルエンザでやられてた。（服部真里子《はっとりまりこ》）

×

「演習」や「インフルエンザ」という目を引く言葉が使われているが、三十一音で事実を述べているだけで、短歌ではない。また、作品化するための独自の感覚や感情、発見の表現が見あたらない。

4　くだらないことであんまり笑うから服の小花の柄ぶれている（〃）

○

③と同じ作者の作品。エピソード的には日常を切りとったものだが、笑ったら「柄がぶれた」と表現したところに、短歌的な詩情がある。「柄揺れている」では事実を伝える報告的文章になるが、通常とは違う角度から捉えたことで短歌となった。

5　次々に走り過ぎ行く自動車の運転する人みな前を向く（奥村晃作《おくむらこうさく》）

○

「ただごと歌」と呼ばれている短歌で、意識の下に埋没していることをあえて歌にした作品。当たり前のことを愚直に表現することでユーモアと同時に真理も含む。定型にきっちりおさまっているのも、この歌の味わいであり律儀さを強調している。

6　冬の夜の星君なりき一つをば云ふにはあらずことごとく皆（与謝野晶子《よさのあきこ》）

○

近代短歌の発展に貢献した、与謝野晶子の作品。浪漫派「明星」の歌人らしく、情感溢れる内容を歌にしている。「星は全部、君だ!」と大げさなことをいえてしまうのも短歌の醍醐味。

【短歌の基本】仮名遣いについて

現代短歌の主流は現代仮名遣い×口語ですが、作品の内容や字面の効果を狙ってさまざまな表現を試してみてもおもしろいでしょう。ただし、歴史的仮名遣いの表記には注意を。

歴史的仮名遣い×文語

まはされてみづからまはりゐる独楽の一心澄みて音を発せり（馬《ば》場《ば》あき子《こ》）

歴史的仮名遣いかつ、文語で表現することで、重厚感と風格のある雰囲気が出る。

歴史的仮名遣い×口語

窓がみなこんなに暗くなつたのにエミールはまだ庭にゐるのよ（石《いし》川《かわ》美《み》南《な》）

口語で表現しつつ歴史的仮名遣いを使うと、ノスタルジーを含むファンタジー性が広がる。

現代仮名遣い×文語

ゆうぞらに無音飛行機うかびおり泣いてすずしくなりしか人は（吉《よし》川《かわ》宏《ひろ》志《し》）

文語を現代仮名遣いで表現することにより、軽やかさややわらかさが出る。

現代仮名遣い×口語

狛犬の下に座ろう信長の気持ちがわかる女の人と（永《なが》井《い》祐《ゆう》）

現代の言葉を使うことにより、繊細さやリアリティーのあるおもしろみが表現できる。

Q 仮名遣いを考えよう

①〜③の赤字は歴史的仮名遣いに変え、④〜⑥は現代仮名遣いに統一せよ。

① 白《しら》鳥《とり》は哀《かな》しからずや空の青海のあおにも染まずただよう

② 振りむけばなくなりそうな追憶の　ゆうやみに咲くいちめんの菜の花

③ まつぶさに眺めてかなし月こそは全《また》き裸身と思いいたりぬ

④ ゆるゆるとガーゼに苺包みつつある日つつましく膝を立てをり

⑤ あいまいに遠のきしゆえ君の部屋をまだあるもののやうにも思ふ

⑥ まだ眠りたかったやうな顔をしてじゃあもう帰る、　かへるねと云ふ

思考のヒント

わからないときは
辞書を使って、
調べながら解こう！

仮名遣いを考えよう【解答と解説】

選者からのひと言 ―問題のねらい―

短歌の表現方法はさまざまありますが、表記は混同しないように注意したい。特に歴史的仮名遣いを用いるときは、辞書などでしっかりと調べながら詠みましょう。正しい表記で作品を仕上げることが大切です。

1

白鳥《しらとり》は哀《かな》しからずや空の青海のあおにも染まずただよう

原歌　白鳥は哀しからずや空の青海のあをにも染まずただよふ（若山牧水《わかやまぼくすい》）

結句の「ただよふ」は歴史的仮名遣いに気づきやすいが、「あを」は見落としがちに。こういった部分もあまさず表記を統一させたい。

2

振りむけばなくなりそうな追憶の　ゆうやみに咲くいちめんの菜の花

原歌　振りむけばなくなりさうな追憶の　ゆふやみに咲くいちめんの菜の花（河野裕子《かわのゆうこ》）

夕闇にあたりが覆われていくと、その中にたたずんでいる自分の思い出も次第にぼやけていくような不安感を覚えた。仮名遣いを変えるのは二箇所。特に「ゆふやみ」に注意。

3

まつぶさに眺めてかなし月こそは全《また》き裸身と思いいたりぬ

原歌 まつぶさに眺めてかなし月こそは全き裸身と思ひいたりぬ（水原紫苑《みずはらしおん》）

動詞の「思い」を歴史的仮名遣いに正す。月を眺めていたら、月がまったくの裸身だと気がつき、一糸まとわぬ無垢な美しさに感銘を受けたことを詠んでいる。

4

ゆるゆるとガーゼに苺包みつつある日つつましく膝を立てをり

原歌 ゆるゆるとガーゼに苺包みつつある日つつましく膝を立ており（加藤治郎《かとうじろう》）

現代仮名遣いで詠まれた歌を、あえて歴史的仮名遣いに変えて、表記練習を試みた。作者の加藤氏は基本的に現代仮名遣い×口語で歌を詠むが、作品によっては文語文法を取り入れることもある。

5

あいまいに遠のきしゆえ君の部屋をまだあるもののやうにも思ふ

原歌 あいまいに遠のきしゆえ君の部屋をまだあるもののようにも思う（永田紅《ながたこう》）

好きだった先輩が下宿先を出て行ったが、まだなんとなくそこにすべてがあるような気がしたという、ぼんやりとした喪失感を詠んだ歌。現代仮名遣いに直すところは、結句。

6

まだ眠りたかったやうな顔をしてじゃあもう帰る、かへるねと云ふ

原歌 まだ眠りたかったような顔をしてじゃあもう帰る、かえるねと云う（東直子）

仮眠から目覚めてまだぼんやりとした顔で、家に帰ることを告げた。漢字とひらがなで言葉を繰り返すことにより、「かえる」ことの意味の深さの差を表現した。変更は三箇所もあるので見落としに注意。

【短歌の基本】表現を追究する

作品を作るからには、独特な世界観や言葉を追究し、平凡な表現や慣用的な言い回しは特に避けたいもの。表現をじっくりと考えてみましょう。

五線紙にのりさうだなと聞いてゐる遠い電話に弾むきみの声（小野《おの》茂樹《しげき》）

改悪例

愛らしい響きだなと聞いてゐる遠い電話に弾む君の声

上の句前半をわかりやすく形容すると、説明的になり、歌の鮮やかさが落ちてしまう。「愛らしい響き」という意味合いを、「五線紙にのりさうだな」と表現したところに詩が光っている。

春浅き大堰《おほゐ》の水に漕ぎ出だし三人称にて未来を語る（栗木《くりき》京子《きょうこ》）

改悪例

春浅き大堰の水に漕ぎ出だし君と私の未来を語る

デートの場面だが、若者ならではの照れを「三人称」という言葉で表現し客観性も高めている。ここを「君と私」と具体的にすると、ベタな表現になり、浅い歌になってしまう。

Q 言葉のセンスを磨こう！

次の歌の空欄を選択肢から選んで埋めよ。

1. 奪ってもせいぜい言葉［　　］のようなあかるいオカリナを抱く
2. 死ぬまへに［　　］を食はむと言ひ出でし大雪の夜の父を怖るる
3. 鬼皮をむくと出てくる［　　］わらへやわらへ　わが変な顔
4. 空気中の［　　］を食べてるような今夜の散歩　ずっとつづけ
5. めちゃくちゃに積まれた廃車のため祈るつぎは［　　］に生まれておいで
6. 寄せ返す波のしぐさの優しさにいつ言われてもいい［　　］

【選択肢】
Ⓐ人魚　Ⓑ宇宙人　Ⓒ孔雀　Ⓓ銀河　Ⓔ心臓　Ⓕホリデー
Ⓖ微生物　Ⓗ縄文人　Ⓘ人間　Ⓙ太陽　Ⓚさようなら　Ⓛ数字

言葉のセンスを磨こう！【解答と解説】

選者からのひと言 ―問題のねらい―

歌を詠むときは、できるだけ自分だけの言葉を探したいものです。とはいえ、造語や意味が伝わらない言葉の使用は避けるようにしましょう。たくさんの人に自分の作品を読んでもらい、共感を得るには伝わる言葉選びが大切です。

奪ってもせいぜい言葉　心臓のようなあかるいオカリナを抱く（大森《おおもり》静佳《しずか》）

1 と E

「心臓」と「オカリナ」という、形の相似を利用した比喩《ひゆ》がこの歌のすばらしいところ。また、「奪ってもせいぜい言葉＝私の本当のものは奪えないのよ」と表現している上の句と、下の句の展開とつながりも◎。

死ぬまへに孔雀を食はむと言ひ出でし大雪の夜の父を怖るる（小池《こいけ》光《ひかる》）

2 と C

「食はむ」ものが指すのは普通、食べ物だが、「孔雀」を出しているところがこの作品の眼目。孔雀の煌《きら》びやかさと、大雪で閉ざされた夜の暗さとの対比が強い印象を残す。

鬼皮をむくと出てくる**縄文人**わらへやわらへわが変な顔（坂《さか》井《い》修《しゅう》一《いち》）

3 と **H**

鬼皮とは、木の実の外側の厚く堅い皮のこと。古代から食べられていたことから、鬼皮をむくと遥か昔の縄文人が出てきて、文明にまみれた自分を笑っているような気がしたのだろう。見た目上「わらわら」も引き出す。今の自分の在り方を、苦味とともに自問している作品。

空気中の**微生物**を食べてるような今夜の散歩　ずっとつづけ（永《なが》井《い》祐《ゆう》）

4 と **G**

「微生物」という言葉を使うことで、夏の夜の濃密な空気感がよく出ている。また、独特の浮遊感のある心地良さが、続く「食べてるような」から伝わる。

カタカナ、ひらがなを多用するのも表現のひとつ

言葉のセンスを磨く方法として、カタカナやひらがなを多用してみるというのも手。これらは字面からユーモアや軽やかさ、女性っぽさなどを読み手に与えることができる。作品の内容に沿った表現を字面からも考えてみよう。

シャボン玉ホリデーのごと牛が鳴きハラホロヒレハレと来る終末か（藤《ふじ》原《わら》龍《りゅう》一《いち》郎《ろう》）

ゆふぐれに櫛《くし》をひろへりゆふぐれの櫛《くし》はわたしにひろはれしのみ（永《なが》井《い》陽《よう》子《こ》）

めちゃくちゃに積まれた廃車のため祈るつぎは人魚に生まれておいで（陣《じん》崎《さき》草《そう》子《こ》）

5とA

さんざんこき使われてきた車が次に生まれ変わるものを、海で自由に泳ぐ「人魚」としたところが注目点。あえて陸上のものにしていないのがいい。また、祈る対象を人ではないものにした部分も表現として参考にしたい。

寄せ返す波のしぐさの優しさにいつ言われてもいいさようなら（俵《たわら》万智《まち》）

6とK

失恋と海というイメージがふくらむ取り合わせ、波の擬人化に加えて、歌全体で失恋するときの気持ちの変化を繊細に言葉で言い当てた作品。「しぐさ」「優しさ」「さようなら」というサ行音が爽やかに響き、体感的な説得力を高めている。

ルビも短歌の表現

ルビとは「運命《さだめ》」など、ふりがなのこと。言葉にルビを振ると、二重の意味をもたせることができるため、作品のイメージが広がることがある。とはいえ、ルビつきの言葉が多すぎると、くどい印象を与えてしまうので注意。

テーブルの下に手を置くあなただけ離島でくらす海鳥《かもめ》のひとみ（東直子）

Q なぜ歌が下手になるのか考えてみよう

次の歌のイマイチな部分を考えて、添削せよ。

1 波散らし　全速力で　駆け抜けて　行き着く先で　二人は泣いて

2 大釜で魔女が作りし惚れ薬あとは野となれ山となれ

3 わたくしの引っ越し先は森の中　真夜中にしか扉は開《あ》かず

4 春が来て
スカートの裾
ひらひらり
鉄格子の園の悪巧み

5 前髪切り勢い開けたドアのさき夢は朱《あか》絨《じゅう》毯《たん》にて踊る

なぜ歌が下手になるのか考えてみよう【解答例と解説】

選者からのひと言 ―問題のねらい―

他人の歌を客観的に鑑賞し、添削をすると、次第に自分の歌に対しても厳しく見られるようになります。それは推敲のコツを知ることにつながり、伝わる歌を作ること、独特の表現を追究することにも。次の解答は添削の一例ですが、自分でもいい歌になるように考えてみましょう。

1 波散らし　全速力で　駆け抜けて　行き着く先で　二人は泣いて

添削例 **波散らし全速力で駆け抜けた二人の行き着く先は岬か**

動詞も、必然性のない一字空けも多く、「て」や「で」も続いているので全体的に整理が必要。走っている風景は上の句でまとめて切れを入れ、下の句は主語を明らかにし、結句を疑問形にして余韻を残すようにした。

2 大釜で魔女が作りし惚れ薬あとは野となれ山となれ

添削例 **大釜で魔女が作りし惚れ薬あなたの中でしんねりとける**

「野となれ山となれ」は慣用的表現で、詩の広がりを損ねる。また、バレンタインデーが内容の歌のようなので、惚れ薬＝チョコレートが相手に渡ってどうなるかという部分を、「しんねりとける」とオノマトペを利用して含みをもたせる。

3

わたくしの引っ越し先は森の中　真夜中にしか扉は開《あ》かず

添削例

わたくしの部屋は森の秘密基地　真夜中にしか扉開《ひら》かず

原歌では本当に森の中に引っ越したようなイメージになるため、上の句で部屋であることを説明。独り暮らし感を出す。上の句と下の句には転換があるので、一字空けは採用してOK。結句は字数の合う読み方に。

4

春が来て
スカートの裾
ひらひらり
鉄格子の園の悪巧み

添削例

春がきてスカートの裾ひらひらり鉄格子《ちゅうがくせい》の園の悪巧み

現代短歌は、基本的に改行なしで表現を。鉄格子の園が学校とわかりにくいが表現はおもしろいので、この場合はルビを使って解決すると具体的に伝わる。

5

前髪切り勢い開けたドアのさき夢は朱《あか》絨《じゅう》毯《たん》にて踊る

添削例

前髪を切ってドアを開け放つ朱絨毯に踊り出す夢

初句が六音のため、定型に整える。「勢い」を削って「開け放つ」という語で勢いを演出した。結句の「踊る」はもともと躍動感がある意味の言葉なので、体言止めとしてその躍動感を歌の内部に閉じこめた。

【短歌の技法】枕詞を使ってみる

和歌の流れをくむ短歌は、和歌から受け継がれている修辞法の枕詞を作品に使うこともあります。歌の世界を広げる技法なので、作品に取り入れてみましょう。

枕詞を伝統的な方法で使った歌

のど赤き玄鳥《つばくらめ》ふたつ屋梁《はり》にゐて足乳根《たらちね》の母は死にたまふなり（斎藤茂吉《さいとうもきち》）

「足乳根」は、母にかかる枕詞。乳を垂らす意や乳の満ち足りた意など、意味には諸説ある。

枕詞は本来、調子を整えたり、情緒を与えたりする言葉で、例歌のように五音のものがもっとも多い。

現代短歌での枕詞の使い方（新枕詞）

ぬばたまのクローン人間いづくにか密《ひそ》かに生《あ》るるごとき春寒（大塚寅彦《おおつかとらひこ》）

「ぬばたま」とは黒い玉のこと。「黒」や「夜」「髪」などにかかる枕詞だが、枕詞を独自の方法で使い、そこから醸《かも》し出されるイメージを歌に引き寄せている。

ぬばたまは、「クローン」の「クロ」にかかっており、神秘性を引き出している。

Q 枕詞を使いこなす

次の歌の、カッコの中に入る枕詞を選んで答えよ。

1 （　　　　）信濃に父を悲しみて幾たび越ゆるこの冬ながし

2 （　　　　）雲のすきまにやわらかくアクアラインの途切れておりぬ

3 （　　　　）アラン・ドロンはオオカミの乳房にふれたまま眠りおり

4 （　　　　）ほのかに見ゆる庭の奥どくだみの白き花が咲きをり

【選択肢】
A 白玉の　B ちはやふる　C あしびきの　D ほたるなす
E あをによし　F ひさかたの　G あかねさす　H しらまゆみ
I 八雲立つ　J 白妙の　K みすずかる

枕詞を使いこなす【解答と解説】

選者からのひと言 ―問題のねらい―

枕詞は和歌の時代から受け継がれている正統的な使い方と、新たな方法でアレンジを試みる「新枕詞」があります。どちらの技法を使うにしろ、かかる言葉や、枕詞がもつ情緒を理解しなければ歌に組み入れることはできません。しっかりと技法と知識を確認しながら使いましょう。

みすずかる信濃に父を悲しみて幾たび越ゆるこの冬ながし（田井安曇《たいあずみ》）

1 と K

「みすずかる」は「水薦刈る」と書き、信濃にかかる枕詞。作者は長野の出身で、故郷を描くのにこの枕詞を使った。枕詞で情感が増し、父への想いも深くなる。

ひさかたの雲のすきまにやわらかくアクアラインの途切れておりぬ（鯨井可菜子《くじらいかなこ》）

2 と F

「ひさかたの」は、天、雨、月、光など天空に関係する言葉にかかる。この場合は「雲」にかかっており、彼方にアクアラインが雲につながっている美しい様子が浮かび上がる。

あかねさす アラン・ドロンはオオカミの乳房にふれたまま眠りおり（東直子）

3 と G

「あかねさす」は本来、日、昼、紫、照る、君にかかる枕詞。この歌では、映画『太陽がいっぱい』が代表作のアラン・ドロンのイメージを生かし、際立たせるために象徴的に使われている。

ほたるなす ほのかに見ゆる庭の奥どくだみの白き花が咲きをり（武《たけ》下《した》奈《な》々《な》子《こ》）

4 と D

「ほたるなす」は「ほのか」にかかる枕詞。枕詞の情緒が加わることで、「ほのか」に見える程度のどくだみの白い花が、味わい深く浮かび上がる。枕詞には、その存在感を強める力がある。

枕詞に捉えられる歌

白《しら》玉《たま》の歯にしみとほる秋の夜の酒はしづかに飲むべかりけり（若《わか》山《やま》牧《ぼく》水《すい》）

これは近代歌人、若山牧水の歌。「白玉の」は通常、「緒」にかかる枕詞（白玉は緒に通すことから）だが、連語として美しいもの、白いものを形容する際にも使われる。

【短歌の技法】本歌取りに挑戦

本歌取りとは、枕詞などと同様に、和歌の時代から受け継がれている技法。有名な歌の言葉、調べなどを取り入れて歌を作る方法です。本歌取りにチャレンジして作品の幅を広げてみましょう。

原歌

終バスにふたりは眠る紫の〈降りますランプ〉に取り囲まれて（穂村弘《ほむらひろし》）

本歌取りの歌

終電に私は目覚む　しろじろと行き先つげる手袋うかぶ（東直子）

原歌は「終バスにふたり」で乗っているので、終電にひとりで乗っている状況に変換し、駅員の白い手袋をクローズアップして詠んだ。本歌取りは、原歌の世界をただなぞるというよりも、言葉や発想を取り入れつつそれを変換し、新しい世界を作ることが一番おもしろいところ。盗作にならないように（盗作と受け取られないように）、明確性と大胆さが作るときには重要だ！

本歌取りの練習問題

Q 本歌取りして歌を作ってみる

次の歌を本歌取りしてみよ。

1 君かへす朝の舗石《しきいし》さくさくと雪よ林檎《りんご》の香のごとくふれ

2 白い手紙がとどいて明日は春となるうすいがらすも磨いて待たう

3 煙草くさき国語教師が言うときに明日という語は最もかなし

本歌取りして歌を作ってみる【解答例と解説】

選者からのひと言 ―問題のねらい―

本歌取りは、元の歌をしっかり解釈してから取り組みましょう。さらに、盗作と受け取られないように、元の歌から言葉も発想も転換し、新しい世界を創造するような工夫を。大胆な転換をしてみるとおもしろさが増します。

1

君かへす朝の舗石《しきいし》さくさくと雪よ林檎《りんご》の香のごとくふれ（北原白秋《きたはらはくしゅう》）

原歌はこんな歌

作者と不倫関係にある女性が、朝に自宅へ帰っていく様子を詠んだ歌。結句が「ふれ」と命令形でしめられているので、本歌取りもこのスタイルを取り入れたい。

本歌取りした歌

我ひとり夜の歩道をひたひたと雨よ纏《まと》わりつくのはやめて（東直子）

二人称を一人称に変えて、まずは全体の様子を変換。そのほか、朝を夜に、雪を雨に、舗石を歩道に、さくさくをひたひたに変換して、現代っぽさを加えた。すると、仕事で疲れている OL のような感じに。本歌取りは、このように感覚をまったく違う方向に変えていくのがおもしろい。

2 白い手紙がとどいて明日は春となるうすいがらすも磨いて待たう（齋藤《さいとう》史《ふみ》）

原歌はこんな歌

春を期待する気持ちが感じられる歌。「うすいがらす」を磨いてクリアになっていく感じと、春になって気持ちが次第に明るくなっていく感覚が重なる。

本歌取りした歌

青い手紙が届いた国は夏となれ厚い扉が開くのを待つ（東直子）

内戦が続いた国が平和を取り戻したような、また国に自由がもたらされるようにとの願いを込めた歌に本歌取り。個人の心を詠んだ歌をひとつの国全体の心を示した歌に転換し、白を青に変えた。青という色は夏を引き出し、「うすいがらす」も「厚い扉」に転換して力強さを出した。

3 煙草くさき国語教師が言うときに明日という語は最もかなし（寺山《てらやま》修司《しゅうじ》）

原歌はこんな歌

煙草ばかり吸って、理屈ばかり述べる国語教師のいう明日は、今日と大きく変わることがないだろう、というのが歌の内容。「煙草」、「国語教師」、「かなし」といった言葉が響き合い、非常にリアルな教師像が伝わってくる。

本歌取りした歌

柔軟剤くさき青年言うときに母という語は最もつよし（東直子）

「煙草」を「柔軟剤」に転換したところから発想を広げていき、語順を維持したまま三十代独身男性の感じを出した。本歌取りは、絵画における模写のように取り組むといいだろう。

【短歌の技法】折り句を楽しむ

折り句は、短歌の言葉遊びのひとつで、各句の一文字目に、五文字の言葉を一文字ずつ当てて作る歌のこと。ゲーム性が強く、主観は薄れますが、語彙《ごい》を引き出すトレーニングになります。

「かきつばた」で折り句を作った場合

からんころきくらげくらげ月のものバスはいつもの田辺ゆき（東直子）

初句に「からんころ」と郷愁を誘う言葉を置いたことから、バスや田辺（作者の母の故郷）を捉えて全体的に懐かしいイメージの歌にした。「きくらげくらげ」は意味はなく、オノマトペ的にリズムを引き出した部分で、ここがあることで響きも楽しめる歌になっている。

「くりひろい」で折り句を作った場合

黒い靴リビドーのままに光らせてロバート・デニーロ一番風呂へ（宇田川《うだがわ》幸洋《こうよう》）

苦労したリング思えば必勝のロード歩くぞ一途な願い（長与《ながよ》千種《ちぐさ》）

一首目の宇田川氏の歌は、普通に思考を巡らせたら、まず出てこない言葉が連なっている。この飛躍のおもしろさは折り句ならではだろう。二首目は女子プロレスラーの作品。思っていることがストレートに出ていて勢いがあり、こちらも個性的な作品になっている。

Q 折り句で歌を作ってみよう

次の言葉を使って折り句を作ってみよ。

「たまごやき」

折り句で歌を作ってみよう【解答例と解説】

選者からのひと言 ―問題のねらい―

折り句は句頭が限定されるので言葉選びが難しくなりますが、発想や自分の中に眠っている語彙を引き出すことができる、言葉のパズルのような技法です。

ただいまとまた帰りくる午後十時やさしくひかる金《き》色《ん》の焼き色（東直子）

歌全体でも折り句のお題である「たまごやき」を表現した。「ただいま」や「金色」など、言葉ひとつひとつにもたまごやきの温かい雰囲気を託した。濁音《だくおん》は当てる言葉が難しく、ここが歌づくりの難関となる。

【短歌の技法】オノマトペのインパクト

オノマトペは擬音語、擬声語、擬態語のことで、物が発する音や音声などを言葉で表現した技法です。歌にインパクトやリズム感を与える効果があります。

代表的なオノマトペの歌

ずぶずぶの泥水の靴履きて行く夢にふたり子置き忘れたり（松平《まつだいら》盟子《めいこ》）

泥沼と「ずぶずぶ」の関係はオーソドックスだが、この歌にはこの表現しかないという説得力がある。落ち込んでいる気持ちや悪夢感がこのオノマトペから伝わる歌なので、言葉にゆるぎが感じられない。

オノマトペの練習問題

Q 言葉化できる表現を探してみよう

次の歌の空欄を選択肢から選んで埋めよ。

1 □と秋の雲浮き子供らはどこか遠くへ遊びに行けり

2 鶏ねむる村の東西南北に□と桃の花見ゆ

3 家《いへ》娘《むすめ》電話に出むと［　　］と階段くだる象かとおもふ

【選択肢】
A つぶつぶ　**B** ぽぽぽぽ　**C** たぽたぽ　**D** どどどど
E たたたた　**F** てててて　**G** ぼあーんぼあーん　**H** からんころん

言葉化できる表現を探してみよう【解答と解説】

選者からのひと言 ―問題のねらい―

雰囲気を体感で伝えられるのがオノマトペです。理屈で説明するよりも気持ちが一瞬で伝わり、耳で聞いたような体感が得られます。共感できる言葉を探してみましょう。

1 と **B** ぽぽぽぽと秋の雲浮き子供らはどこか遠くへ遊びに行けり（河野裕子《かわのゆうこ》）

2 と **G** 鶏ねむる村の東西南北にぼあーんぼあーんと桃の花見ゆ（小中英之《こなかひでゆき》）

3 と **D** 家《いへ》娘《むすめ》電話に出むとどどどどと階段くだる象かとおもふ（小池光《こいけひかる》）

一首目は、秋の雲が浮かんでいる様子と、子どもたちが楽しく遊んでいる様子が重なる。母親の愛情も感じられる作品。二首目は桃の花が咲くころの、暖かくて眠たいような空気感とオノマトペが呼応している。三首目は、固定電話しかなかった時代の様子。この音しかないだろう。

【短歌の技法】付け句でレベルアップ

付け句は、上の句をお題として下の句を作る技法。上の句の世界を、どう広げるかが付け句のおもしろいところです。ゲーム性があるほか、歌の世界を広げる手だてにもなるので、チャレンジしてみましょう。

お題の上の句

「菊枕抱えた男訪ね来て」

菊枕抱えた男訪ね来て冷や汗だらけのこころを告げる（東直子）

季語「菊枕」でまず上の句を考え、あとに下の句をつけた。邪気を払うといわれる菊枕を抱えた男が、奇妙な告白を始める場面を思いついた。

歌作りの練習問題

Q 下の句を作ってみよう

次の上の句に下の句を詠んでみよ。

ねむらないただ一本の樹となって

下の句を作ってみよう【解答例と解説】

選者からのひと言 ―問題のねらい―

短歌の付け句は、上の句の世界を下の句でどう受けて、転換するか（遊ぶか）が難しいところ。ですが、創造の世界を広げるにはいいトレーニングになります。

原歌

ねむらないただ一本の樹となってあなたのワンピースに実を落とす（笹《ささ》井《い》宏《ひろ》之《ゆき》）

付け句をした作品

ねむらないただ一本の樹となってきみと暮らせるラピュタを産むの

（「眠らないただ一本の樹」という不思議なイメージから、さらに〝夢の都市を生む〟という幻想性を広げた。）

【名歌から学ぶ】短歌のコツ

名歌を鑑賞する力は、そのまま作品を作る力にも直結します。現代の名歌を読み解いて、短歌のコツをつかみましょう。

桜ばないのち一ぱいに咲くからに生命《いのち》をかけてわが眺めたり（岡本《おかもと》かの子《こ》）

桜を百首詠んだうちの一首。満開の桜を体当たりで詠んでいるところが、この歌の力強さだ。シンプルな言葉のみで構成され、「いのち」を二度使っているにもかかわらず、すんなりと読めるのもポイント。

いまわれはうつくしきところをよぎるべし星の斑《ふ》のある鰈をさげて（葛原《くずはら》妙子《たえこ》）

夕飯の買い物帰りというシチュエーションでとても日常的だが、圧倒的な美しさがある歌。魚のカレイのもやもやした模様を「星の斑」としたところが秀逸。いつもの道なのに、宇宙を歩いているような浮遊感も楽しませてくれる。上の句がすべてひらがなで、下の句に重めの漢字を用いているところもバランスがいい。

胸のうちいちど空《から》にしてあの青き水仙の葉をつめこみてみたし（前川佐美雄《まえかわさみお》）

モダニズム系の短歌。生きていると胸の中にいろいろと澱《おり》が溜まってくるが、それをいったん空にして、清らかさのある青い水仙の葉を詰め込んでみたいと詠んだ。独特な発想だが、読者の心の浄化への願いに触れる。

秋分の日の電車にて床《ゆか》にさす光もともに運ばれて行く（佐藤佐太郎《さとうさたろう》）

作者は写実派の代表的な歌人。電車に乗っているだけでも、描き方しだいで歌になる視点を見習いたい。初句で「秋分の日」と限定したことによって、特有のやわらかな陽の光を読み手に届けてくれる。

切り株につまづきたればくらがりに無数の耳のごとき木の葉ら（大西民子《おおにしたみこ》）

「無数の耳のごとき木の葉ら」という部分で、葉が密に生い茂っている夏の様子が伝わってくる。また、葉が密集しているくらがりを、低い位置から捉えている点に作者の鬱屈《うっくつ》とした心理がうかがえる。

ヘイ龍《ドラゴン》カム・ヒアといふ声がする　まつ暗だぜつていふ声が添ふ（岡井隆《おかいたかし》）

作者の名前「隆」は「リュウ」と呼べることから、「龍」とは作者のことを暗示する。名前を呼ばれて、闇と知りつつその方向へ行ってしまう自分を自虐的に描く。言葉を自在に操り、不穏な内容をサラリと詠んだロック調な歌。

【歌会から学ぶ】短歌の極意

歌会は普段の力が試せるいい機会です。初めて参加するときは少々勇気がいるかもしれませんが、他人の歌を鑑賞し、自分の歌を客観的に考えられる貴重な場ですから、積極的に参加してみましょう。

本書の特別歌会 大まかな流れ

1 事前に歌を送る

与えられたお題の歌（題詠）と自由詠を、事前に提出する。

2 歌の一覧が配られる

歌会当日は、事前に提出した歌が一覧で配られる。作者名は伏せたまま。

歌会とは？

歌会とは、短歌結社もしくは短歌好きのグループで歌を持ち寄って、意見を交換し合う集まりのこと。百人を超すような会から、勉強会のような数人の気軽な会まで、人数もスタンスもさまざま。

歌会に参加するには？

雑誌（結社誌）やインターネットなどで会の情報収集を。参加する会を選ぶ基準は、指導者や主催者の作品を鑑賞して、自分と合っているかどうかで判断するとよい。ネット上の歌会でまず腕だめしをしてもよいだろう。

③ 互選する

お題の歌を二首、自由詠を二首選ぶ。

④ 互選した歌を発表

順番に、選んだ歌を二首ずつ発表する。

⑤ 意見などを交換する

取られた数が多かった作品順に、全員で感想や歌の味わい、疑問点など意見を交換し合う。作者の公表は最後。作者本人からも、自らの歌について作り手側の意見や問題点を述べる。

特別歌会概要

《ルール》

- お題「風」の歌を一首、自由詠を一首作歌する。一人計二首で行う。
- 一人、題詠から二首、自由詠から二首選ぶ。

※お題は、「台風」「風信子《ヒヤシンス》」「プロヴァンス風」など、必ず「風」の一字を詠み込む。「風」という字を使わず、イメージで詠み込む「テーマ詠」は今回は採用せず。

歌会にはいろいろなやり方がある

歌会には、得点を発表する場合としない場合がある。得点が多く入るのはうれしいことだが、一番大切なのは、意見交換。歌のどんなところがよかったのか、どこが問題だったのかなど他人の視点を知ることが重要だ。

特別歌会参加者（計7名）

東直子…本書監修者。選歌と講評のみ行う。

竹内《たけうち》亮《りょう》…常に疑問をもって歌と対峙。

土屋《つちや》智弘《ともひろ》…スケールの大きな歌が得意。

國森《くにもり》晴野《はれの》…恋の歌に興味がある。

飯田《いいだ》彩乃《あやの》…自分の歌にも厳しい視点をもつ。

藤原《ふじわら》かよ…優しくやわらかな歌が持ち味。

三林《みつばやし》律子《りつこ》…余白のある表現を探究中。

※参加者のプロフィールは、取材当時のもの。

これが特別歌会で投歌された全歌！

お題「風」

1. 張りつめた風が鼻腔に抜けたとき瞳をひらき君に手を振る
2. 行き先を知らないこころを飛行機のかたちで放つ風よ届けて
3. この星に積もり続けるストレスが雨、風、雪の箍《たが》はずしゆく
4. わたしたちいつもいっしょとほほえんで風切羽《かざきりば》持たぬインコを撫でる
5. びょうびょうと臆病風が吹いている世界の果てという草原に
6. たたまれた白き肌着はむらさきの風呂敷の中いきをしている

自由詠

7 霧深い湖面をたゆたうときのよう　いったいなにをとりにきたのか

8 海面はすべてを分光する鏡ソイラテ抱え君はうなずく

9 かがやきを終えた銀杏はしんなりと細くなりゆくすず色の道

10 太陽もアルデバランもシリウスもいつかは爆《は》ぜる星座のかけら

11 かなしみは底なしの壺を抱くように途切れた弦を奏でるように

12 硝子窓ましろに染めて指で呼ぶおぼえたばかりのあなたの名前

自分も歌会に参加しているつもりになって、右記の**お題の歌と自由詠から、それぞれ二首を選歌してみましょう。**歌を選んだら、なぜその歌に惹かれたのかなど、さまざまな観点から歌を味わってみましょう。

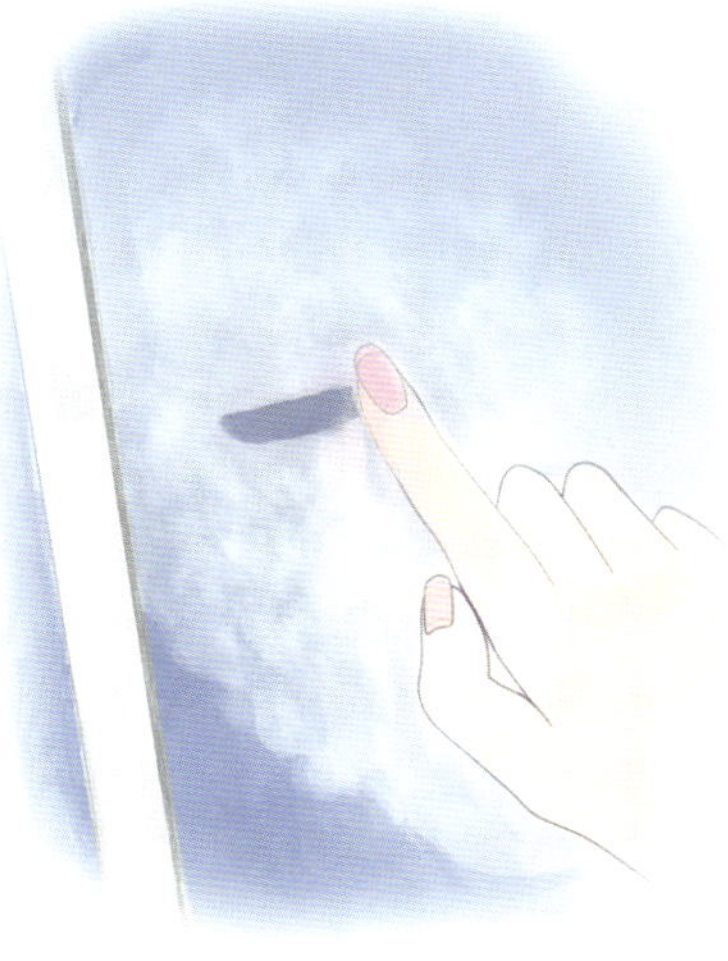

＼参加者全員で歌を味わってみよう／

題詠と自由詠の感想、意見、疑問点を公開！

歌会では、歌の感想、意見、疑問点、改善点などを挙げてもらいました。議論が盛り上がった歌について、参加者の意見を交えて、自分でももう一度味わってみましょう。

6 たたまれた白き肌着はむらさきの風呂敷の中いきをしている（藤原かよ）

状況は病院に下着を持って行くところかな、と感じました。肌着が紫の風呂敷に包まれているところから丁寧さや愛情が伝わってきて、でもそれを直接表現していないところに惹かれました（三林）。同じ言葉が繰り返されると、それが韻律にはなるけれど、声に出して読んだときに「き」の音が少し強いような気がしました（飯田）。

作者より

実は病院と限定してはいませんでした。肌着も、産着や結婚式のときの清らかな肌着をイメージしていました。人によって、歌の捉え方が違うのがおもしろいですね。

1 張りつめた風が鼻腔に抜けたとき瞳をひらき君に手を振る（竹内亮）

張り詰めた風が鼻腔を抜けたときに瞳が開いて、君に手を振る……歌の中に流れがあって、風も流れている感じを受けました。お題の風と真正面から対面した歌だと思います（藤原）。君に手を振るために、深呼吸をして自分で風を起こしたのだろうとイメージしました（國森）。

作者より

身体感覚のある歌が詠みたくて上の句を最初に作ってみましたが、下の句が取ってつけたように……。一首を通して、体感的な歌にすればよかったかも。

4 わたしたちいつもいっしょとほほえんで風切羽《かざきりば》持たぬインコを撫でる（三林律子）

風切羽がないと鳥は飛べないので、この歌はどこにも行けない、あるいはいつまでも一緒にいたいという気持ちが巧く表現されていると思いました（土屋）。愛情表現の方法を細かく描いているけれど、そこをあえて不親切に描いて「わたしたちいつもいっしょね風切羽持たぬインコが私をみつめる」くらいに省略したほうが、世界観が濃密になるでしょう（東）。

作者より

自分では描き方がねらいすぎで、説明しすぎと感じていました。どこまで表現すればいいのか、せめぎ合いを勉強中です。

12 硝子窓ましろに染めて指で呼ぶおぼえたばかりのあなたの名前（國森晴野）

「指で呼ぶ」という表現が新しい。もし「指で書く」だったら、選ばなかったと思います（竹内）。状況が浮かんで、かわいらしくて、好感度抜群の歌でした。窓硝子があらかじめ染まっているのではなく、自分で染めるという細やかな動作も◎。「硝子窓」と「おぼえたばかり」が響き合っているのも惹かれました（飯田）。

作者より

恋の始まりを丁寧に詠みたいと思い、細かい仕草に着目しました。少し怖い感じもしますが、それも恋の一面ではないかと思います。

11 かなしみは底なしの壺を抱くように途切れた弦を奏でるように（飯田彩乃）

底なしの壺が縦の線だとすると、途切れた弦が横の線というように、調子がとられていて調べがいいので取りました（藤原）。「底なしの壺」「途切れた弦」という表現が新鮮で素敵だと感じました。ただ、「かなしみは」は、直接的な表現なので、それ以外の言葉で表現したほうが良かったと思います（竹内）。リフレインが心地よく、音楽的ですね。ただ、最初の五音は感情を限定しすぎるので、地名や場所など、もっと別の言葉を当てたほうが歌が引き締まったと思います（東）。

作者より

最初の五音が難しくて、言葉が見あたらず、取ってつけた感じが否めません。ご指摘もっともだと思います。

10 太陽もアルデバランもシリウスもいつかは爆《は》ぜる星座のかけら（土屋智弘）

アルデバランが一体なんなのかわかりませんが、太陽とシリウスの並びから星ということは読み取れます。大胆さがある歌です（三林）。あえて知られていないアルデバランを選ぶところがおもしろかったです。小さいことを詠みがちですが、こういった大きな歌もいいですね（竹内）。私の歌に「そんなこと気にしなくてもいいですよ星もいつかは壊れますから」という作品があります。これは皿を割ったときの歌なんですが、この歌ももう少し生活感がまざるといいのかもしれません。固有名詞を生かした言葉のリズムは勢いがあっていいですね（東）。

作者より

アルデバランは言葉の響きが好きなので、歌に盛り込みました。内容的には太陽もいつかはなくなってしまうことを表現したかった。

普段はあまり聞けない素朴な疑問

監修者が答える 短歌 Q&A

なかなか聞けない素朴な疑問に監修者が答えてくれました。

その他の作者……
2 國森晴野
3 土屋智弘
5 飯田彩乃
7 三林律子
8 竹内亮
9 藤原かよ

短歌は歌の意味が伝わらないとダメなのでしょうか？

ダメというよりも、残念といったほうがいいでしょう。読み手がまったく歌の意味を受け取れないのであれば、なにも伝わらないということです。もし、あなたの歌をだれかに鑑賞してもらい、意味が読み取れないといわれたら、なぜ歌が伝わらないのか作者は考えるべき。自分の作品に関しては、なにもかもわかったつもりでいますが、いったん作品を寝かせて、第三者として歌と対面しましょう。ラブレターと一緒で、時間をおいてから改めて読むと、内容が盛り込みすぎだったり、自分だけにしかわからない表現だったりする一人よがりの点に気づくことがあります。

助詞は省略しないほうがいいですか？

特に口語で歌を詠む場合、「が」「は」「で」などの助詞がないとたどたどしく、子どもっぽい印象を与えるので、できれば助詞は省略しないほうがいいでしょう。とはいえ、リズムを整えるためにあえて助詞を外すこともあります。

結句を終止形「た」で終わらせるのは、変ですか？

終止形「～た」は散文的な終わり方です。故意に物語調に「～でした」とおさめる方法もありますが、短歌は結論づけるのではなく、余韻や余白を残して読者の想像を刺激する文芸です。「歩いていきました」よりも「歩いていく」と描いたほうが余韻が残るので、どちらかというと現在形が向いています。

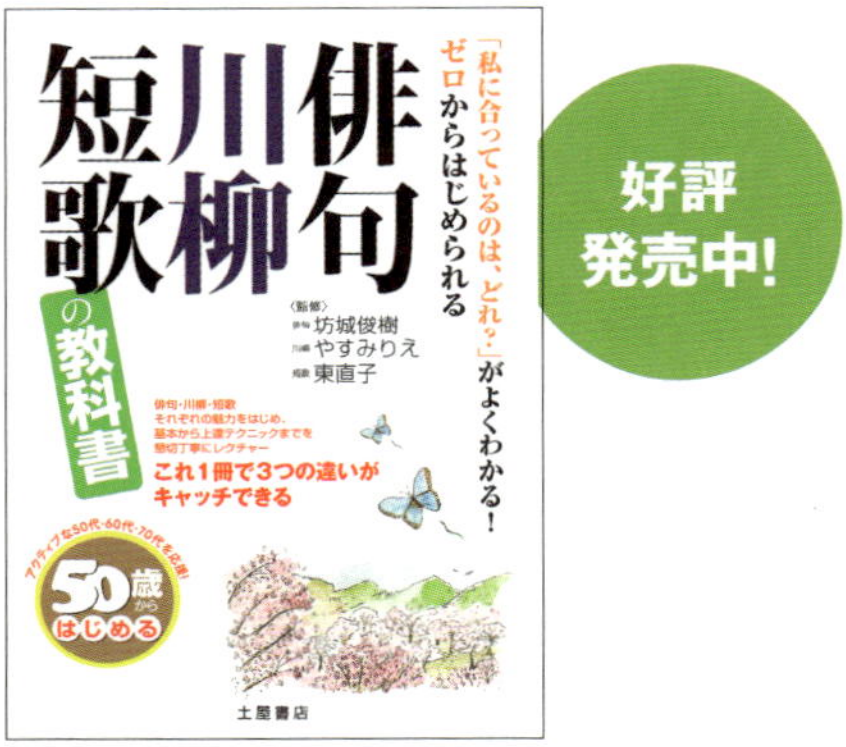

監修者プロフィール

俳句監修／俳人 坊城俊樹

俳誌『花鳥』主宰。日本伝統俳句協会常務理事。国際俳句交流協会理事。日本文藝家協会会員。NHK文化センター講師をはじめ、平成15年より2年間「NHK俳壇」の選者も務める。句集に『日月星辰』（飯塚書店）、著書に『坊城俊樹の空飛ぶ俳句教室』（飯塚書店）などがある。

川柳監修／川柳作家 やすみりえ

全日本川柳協会会員。川柳人協会会員。文化審議会国語分科会委員。恋を詠んだ句で幅広い世代から人気を得る。朝日カルチャーセンター、NHK文化センターなどでも川柳講座を担当。テレビやラジオなどへの出演も多い。句集に『召しませ、川柳』（新葉館出版）などがある。

短歌監修／歌人 東直子

現代歌人協会理事。歌壇賞及び角川短歌賞選考委員。「かばん」同人。平成8年第7回歌壇賞を受賞。近年は小説やエッセイ、絵本等の執筆にも力を入れている。歌集に『十階』（ふらんす堂）、著書に『らいほうさんの場所』（講談社文庫）、『鼓動のうた』（毎日新聞社）、共著に『怪談短歌入門』（メディアファクトリー）などがある。

本文デザイン　山田梓湖、東條真理絵（Zapp!）
イラスト　二遊社
構成・編集　梶原知恵（ケイ・ライターズクラブ）

俳句・川柳・短歌の練習帖

監修　坊城俊樹　やすみりえ　東直子
発行者　田仲豊徳
発行所　株式会社滋慶出版／土屋書店
〒150-0001 東京都渋谷区神宮前 3-42-11
Tel 03-5775-4471　Fax 03-3479-2737
HP http://tuchiyago.co.jp/　E-mail shop@tuchiyago.co.jp
印刷・製本　日経印刷株式会社